セオドア・ドライサー
『アメリカの悲劇』の
新たなる発見

忘れられた古典を翻訳する

村山淳彦

花伝社

はじめに

わたしは近ごろ、ドライサーの代表作とされる小説『アメリカの悲劇』を翻訳刊行した。既訳がいくつか出ていたので屋上屋を架すようなことはしたくなかったし、翻訳の作業にただならぬ労苦を要するだろうと怖じ気づいていたし、大冊過ぎるから出版元を見つけるのも難しく、みずから翻訳に取り組むのは無理だと、昔からなかばあきらめていた。しかし、先年拙著『ドライサーを読み返せ』を執筆刊行しえた経験に励まされ、ドライサーを論じるならば、『シスター・キャリー』のみならず『アメリカの悲劇』も自分なりの翻訳で解釈を示すべきだと思うにいたり、俄然その気を奮い起こすことになった。二〇二五年はこの小説がはじめて世に出てからちょうど百周年という記念すべき年であるという事実にも、多少はそそられもした。

『アメリカの悲劇』とは、題名だけを聞いたら米国社会に関する時局的な評論か何かと思う向きもあるかもしれないが、米国自然主義文学の大成者とされるセオドア・ドライサーの代表作であり、自然主義文学の最高傑作とも称される小説である。この小説は、一九〇六年に起きた実際の殺人事件に取材して書かれた。ニューヨーク州北部アディロンダック山中の湖で貧しい青年チェスター・ジレットが、金持ち娘と女工のあいだで板挟みになった三角関係から抜け出そうと、妊娠して邪魔になった女工グレース・ブラウンを溺死させた事件である。この事件をめぐる裁判は、全米に報道されてセンセーションを巻き起こした。そのためこの小説は、世間の耳目を集めた事件をモデルにすることによってベストセラーにのし上がったあざとい作物とみなされたこともある。だが大体は、「アメリカの夢」に取りつかれ、その実現に至らぬままあえなく死んでいく若者を、自然主義文学特有の犠牲者と捉える物語に仕立て、犠牲者への同情をかき立てることによって、そんな事態を引き起こした米国社会を告発している作品であると受けとめられてきた。

確かに、以上のようにまとめるのが通説に従った把握の仕方ではあろうが、しかし、これではこの小説も作者も、その真相を明らかにしたことにならないのではないだろうか。ここで告発されているのは虚妄にみちた米国社会であるとともに、それ以上に、上流階級を含めた米国市民であり、圧倒的多数の衆庶群民であるとも受けとめなければならないのではないか。しかもその告発は、作者や作品にとっての他者、外部としての社会や国民に向けられるのみならず、チェスターをモデルに創造された主人公クライドに作者の自画像が帯びる忌まわしさもこめられ、それを手がかりにして、作者自身、ひいては国民自身の自己批判にも向けられている。それが今回わたしが翻訳に取り組みながら学び取ってきた見方である。

しかもわたしは、「自然主義文学」という用語自体にずっと警戒心を懐いてきた。その種の文学作品の特徴を評価して一流派成立と認めるのに吝かでない振りをしながら、そのすぐあとで、そんな特徴こそ小説本来のリアリズムから頽落したしるしと決めつける手順を、この用語ははじめから隠しもっているからである。だが、ドライサー文学をもっとも首尾一貫し完成した自然主義文学であるとする見方は、その作品に見出される主題上も文体上も雑多な要素を無視するものである。ドライサー文学最大の特徴は、むしろ内容、表現ともに、一貫性が欠如した異種混淆性にあるのだから、自然主義一辺倒で捉えきれるはずもないのである。

長年親しんできたつもりでいたこの長大な作品をじっさいに訳し通してみると、多角的多面的なその特色がはじめてはっきり見えてくるようになった。それは、『アメリカの悲劇』を再発見したというよりも、新たに発見したともいうべき経験だった。この作品やその著者の真価は、これまでいかに見落とされてきたことか。この小説が達成した現代社会把握の遠大さや精緻さ、およびその表現の新しさは、わたし自身による認識不足のせいで迂闊にも見過ごされてきたというだけですませるわけにいかない気がする。既成観念に囚われないように心していたつもりのわたしにして、流通し定着してきた解釈にやっぱり毒されていたわけか。だとすれば、これまでの読書界、批評界におけるドライサー軽視の風潮は、積もり積もった偏見もいまだに払拭されないまま、へたするとドライサー文学そのものが忘れられていきかねない域に達しているとも思える。

本書は、そのような状況に対する危機感に駆られつつ、翻訳作業を通じて得た『アメリカの悲劇』発見を日本の新たな読者にお伝えすることによって、前著に引き続き再度ドライサーを蘇らせようとする試みである。以下第一章で、現代において悲劇創造は可能かという議論を軸にして、この小説の中心的主題と、現代社会にも届く副次的主題いくつかとを選んで検討する。第二章では、これまでその錯綜した成り立ちが理解されることがあまりにも少なかったドライサーの文体を、『アメリカの悲劇』におけるあらわれを通じて解明する。第三章では、独特なドライサーの文体への無理解から生じたのかもしれない、小説現行諸版本文の少なからぬ退嬰や劣化を、諸版に対する本文校訂を示しながら正していく。

忘れられた古典を翻訳する――セオドア・ドライサー『アメリカの悲劇』の新たなる発見◆目次

はじめに　1

第一章　主題論　9

一　凡夫の悲劇　12

現代でも悲劇創造は可能か　13／悲劇的英雄のリアリティ　18／凡人の悲劇　21／悲劇的小説のメカニズム　24／自然主義文学と悲劇的小説と　27／悲劇的凡人の実存　31／クライドが背負う法的問題　35／リチャード・ライト『アメリカの息子』　37／理知への失望、「民主の花形」への期待はずれ　41

二　「宗教二世」の悲劇　43

宗教大国アメリカ　44／ドライサーの自伝性　45

三　人工妊娠中絶禁止の悲劇　49

妊娠中絶禁止狙いの検閲、弾圧　50／フェミニスト運動家エルシー・メアリー・ヒル　55

四　リンチ、さもなければ陪審制か　58
潜在するリンチ衝動　58／衆庶群民の質　64

第二章　文体論　67

一　ドライサー流自由間接話法の繁茂　70
自由間接話法の訳し方　71／バフチン流「ポリフォニー小説」　78／小林秀雄、谷崎潤一郎の誤読　83

二　「意識の流れ」の流れ　88
エリオット『荒野』の「非在の都市」　89／フィッツジェラルド『偉大なギャッツビー』　90／ウィリアム・ジェイムズ心理学の「意識の流れ」　95／「意識の流れ」とドライサー　97／ドライサーはジョイス、フォークナーの先駆け？　101／ルカーチの前衛主義批判とドライサー称賛　108／ヘンリー・ミラーのドライサー評　111

第三章　本文批評　113

ドライサー小説の制作過程　114／ペンシルヴェニア大学図書館ドライサー・コレクション　116／英語版四書の校合から見えてくるもの　118／単純な誤植　121／前出語句と後出語句の不一致　122／引用符の誤植　124／校訂困難な食い違い　126／架空の地図から生じる混乱　129／大胆な校訂　131

引用文献書誌　140

あとがき　147

人名索引　(1)

第一章

主題論

『アメリカの悲劇』の主題論と言えば、当然のことながらその表題が示しているとおり、この小説の主題がアメリカの悲劇としていかなる問題を表現しているかを論じることに尽きると考えられる。だが、ここにおける主題はいくつもの問題が複合した多面体ないし重層体をなしており、通り一遍の解説で捉えきることを許さない。

これら重なり合い絡みあった主題のなかで、もっとも一貫して中軸をなすのは、言うまでもなく、主人公クライド・グリフィスおよびロバータ・オールデンが世を忍ぶ情交を重ねた末に破滅した経緯をたどる、この小説における虚構の物語、すなわちアリストテレス『詩学』にいわゆるミュトスが意味するものである。しかし、この物語の主たる筋はまず、脇筋とも言うべき宗教の問題に結びつけられている。クライドがカルト的宗教を信奉して実践する父母の家庭に生まれ育ったことから引き起こされる諸困難――「宗教二世問題」と呼ばれて近年日本でも目立ちはじめた問題が、とりわけ第一部と第三部できわだって主題化されているからである。さらにまた、色欲に翻弄されるクライドが性をめぐる倫理に躓き、とりわけ第二部でロバータが妊娠してその中絶を画策するも失敗した過程を描き出すことによって、この小説は、アメリカ社会に根深い人工妊娠中絶への抵抗に顕著にあらわれるジェンダーギャップを浮かびあがらせることにもなる。そして最後に小説の第三部では、クライドがロバータ殺人犯として告訴され、裁判で死刑判決を受けて、ついには電気椅子で処刑されるまでの顛末が詳述されて、アメリカにおける司法権力や裁判制度に対する批判が主題として展開されるにいたる。他にも、企業の経営や人事の閉鎖性、非民主性に対する批判、いわゆるエディプスコンプレックス、マザコンの温床となる家庭の実態への危惧、国民のなかに根強くはびこる移民や異分子への排斥感情摘発、ホテルやリゾートで見せつけられる有閑階級のスノビッシュな文化への皮肉なまなざし、さらには、新聞メディアの大衆迎合的な扇情主義に対する糾弾などもうかがえる。

したがってここには中心的な主題一個と、それに関連づけられた副次的主題が何個か発見されることになる。ギリシャ悲劇の伝統を受け継ごうとするかのような、きわめて古典的で文学正統に属する悲劇という主題が、記者あがりの作家にふさわしいジャーナリスティックな角度からアメリカ社会を把握しようと企てられたいくつかの問題に結びつけられているのである。本書でそのすべてを取り上げて詳しく論じるだけの余裕はないので、中心的な主題、および、宗教、性、裁判制度の三つの問題を取り上げてみたい。

刮目に値すると思われるのは、百年前に発表された作品に描かれているにもかかわらず、それらいずれもが、現代アメリカ社会批判としてもほとんどそのまま通用する射程をそなえた主題になっていることだ。それだけ、アメリカ社会の根底的性格はこの百年間変わっていないということなのであろうが、日本の読者は、対米従属を深めてすっかりアメリカ「かぶれ」した文化のなかで生きるようになったために（それを言うなら、世界中ほとんどが多かれ少なかれアメリカ資本主義に呑みこまれているのだが）、これらの主題がけっして対岸の火事ではないと、百年前とは比較にならぬほど切実に実感させられるのではないか。今日あらためて『アメリカの悲劇』新訳を試みた所以である。

以下、これらの主題に一つ一つ多少立ち入った検討を加えていきたい。

一　凡夫の悲劇

クライドおよびロバータの破滅を描くこの小説は、悲劇を成り立たせているか否か。この問いこそ、作品評価の根幹にかかわる作品受容の仕方を賛否両極に分裂させてしまう分かれ目だった。ここに悲劇が成り立っていると認めうるならば、この作品の重要性に疑問の余地もなくなる。だが実際それは容易に認められなかった。認められなかったわけは、かつて拙著『セオドア・ドライサー論――アメリカと悲劇』の「はじめに――悲劇的意匠のゆくえ」(9-18) でわたしなりの捉え方を明らかにしたように、アメリカは悲劇に最も似つかわしくない国であるなどというドグマに呪縛されるだけでなく、ジョセフ・ウッド・クルーチ『現代気質』（一九二九年）やジョージ・スタイナー『悲劇の死』（一九六一年）などに見られる現代悲劇不可能論が、戦後世界の批評界で有力な見地になっていた状況に影響されてもいたからだった。そんな状況のまっただなかに悲劇を標榜する作品があらわれたとなれば、とんでもないアナクロニズムを見せつけられただけと、主流批評家たちから一蹴されても不思議ではない。だから拙著ではまず、現代における悲劇の可能性を探って、悲劇が現代の論者たちにどのように受けとめられているかを素描しなければならなかったのである。

現代でも悲劇創造は可能か

この素描は、四十年近くも前に未熟なわたしが手探りで何とかまとめたものに過ぎないが、今読み返しても基本的に間違っていなかったと腑に納めることができる。ところが、そんなあやふやな粗描などに訴えなくても、悲劇論が当時置かれていた論調を見事に整理してくれている先行論文に頼ればよかったのに、ということを、わたしは最近『アメリカの悲劇』翻訳中に発見してしまった。四十年前には想像もできなかったインターネットのおかげである。その論文は山田恒人著「現代における悲劇的精神――悲劇の創造は今日可能か」。そのものずばりのタイトルがつけられ、わたしがまとめるのに汗水たらしていた頃よりも二十年近くも前、一九六八年に発表されていた。

山田は、悲劇をめぐる現代の論争に加わった論者たちを、以下のように「三つの主要な立場」に分類する（31）。

A　悲劇は今日書かれていないし、その創造の可能性もまたない。——悲劇不可能説。

B　悲劇的精神は存在するが、「悲劇」の意味と形態は、過去の悲劇とは根本的に変化した。——悲劇変貌説。

C　悲劇の創造は今日可能である。——悲劇可能説。

この分類はわたしの提起した粗描にほぼ見合っているので、安んずることができた。A「悲劇不可能説」の立場に属する論者として山田はクルーチとスタイナーの二人をあげている。この点はわたしの粗描と一致している。B「悲劇変貌説」の立場の論者としては、ワイリー・サイファー、J・L・スタイアン、マーティン・エスリンがあげられている。この立場で評価される「絶望の表現としての笑い」（38）、「暗い喜劇」（41）、「不条理の演劇」（43）は、表面的には悲劇と対立するように見えて、じつは「喜劇性を除外したところの純粋形態としての悲劇、それが今日存在しないがゆえに、悲劇は今日、『悲劇』に、あるいは悲劇、喜劇いずれでもない別のジャンルに変貌した」（46）と見なされ、ちょっとわかりにくい括弧付きの「悲劇」という概念が提出されている。わたしの粗描は、Bとしてあげられている論者たちに目が届かず、検討しそこねているけれども、『メタシアター』のライオネル・エーベル、『反解釈』のスーザン・ソンタグには言及し、「現代に似つかわしいものは、喜劇的な様式、パロディやまがいものや道化た意匠であることになる」(15)と論じて、「悲劇変貌説」とまでは言えないまでも、現代演劇における悲劇と喜劇の葛藤を捉えようとしていた。山田は現代における悲劇的表現として、このBの立場に連なる「アイロニー」や「グロテスク」(41)にもっとも注目し、この後の研究方向も「悲劇変貌説」を深める試みに傾斜していったと思われる。

これとは対照的に山田は、Cの「悲劇可能説」に属する論者としてチャールズ・グリックスバーグ一人をあげているのみである。それに対して私見の粗描は、現代に可能な「悲劇的世界像」を力説した論者として、グリックスバーグと並べてリチャード・シーウォルやマレー・クリーガーにも触れた(14)。これらの論者たちは「悲劇的世界像」という概念に訴えることによって、厳密な劇の形式としての悲劇に限られず、むしろ小説というもっと自由な近代的ジャンルに悲劇に通じる機能を見出そうとしていた。わたしはその点に、小説『アメリカの悲劇』を悲劇の系譜のなかで捉える可能性を探ることができるかもしれないと感じ、この部類の論者を追いかけていた。それに比して山田は、演劇学の研究者として舞台芸術としての劇にこだわるがゆえに、小説ではなく不条理演劇などの括弧付き「悲劇」を、現代における主要な悲劇的表現と見なして、「悲劇変貌説」に与したのではないかと思われる。

いずれにしても山田が立脚する基本的な見方は、「悲劇性とは、単なる危機、苦悩の感情ではなく、それらの悲劇的事態に対する特定の反応、精神のあり方のそれであろう。すなわち危機、苦悩を大胆に直視し、それらに対決する精神の偉大さの表明」（20）ということにあると捉えているのだが、この捉え方にわたしは無条件に賛同する。したがって、「不合理で残酷であるとはいえ、一面では自ら招いたとも言える悲惨な状況を凝視し、それに対して大胆に闘いをいどみ、結局は敗北と死にいたるにせよ、なおかつ彼は何等かの有意義なるもの――彼の人生に集約されるところの生の全体像の認識あるいは知覚――を獲得する」（30）ヒーローを描く悲劇とは、「単なる人間の苦悩の表現ではなく、苦悩に直面しそれを越えようとするところの意志、精神の傾向を表現するものだ」（30-31）という把握に達した山田の主張にわたしも共鳴する。

他方山田は、「アイロニーの意識に灼かれた現代の作家達」（51）が「一見明瞭な悲劇性、正面きってのヒロイズムを、慎重に避けて通る」（51）ことに注目し、そのような「悲劇らしさ」（51）が避けられる理由は、それが「むしろ今日、多くの娯楽的な読み物や映画のなかに横行していることにある」（51-2）と見ている。「今日、ジャーナリストや一般の人びとにとっては、交通事故や殺人もまた、悲劇らしく見える。皮相な意味でのヒロイズムや残酷性の強調は、いずれもメロドラマ的な構造をそなえた、いわゆる『逃避の文学』の中に充溢している」（52）

がゆえに、現代において直截な悲劇的表現は、アイロニーを知らぬ時代遅れの大衆作家ぐらいにしか用いられないと見られるのである。おまけに、山田によって指摘されているように、かつて悲劇が「作家自身の手によってジャンルに分類され」(22)、表題や副題に悲劇と明記されていた慣習が現代では廃れてしまっている。それなのに、今さら『アメリカの悲劇』などというタイトルをつけられた小説は、アナクロニズムを越えて反時代的挑発であると見られても仕方ないかもしれない。

確かに、ドライサーには通俗性もジャーナリストとして身についた習性も認められようが、それにもかかわらず、ドライサーを現代における「悲劇可能説」の実例として考察するために、拙著でわたしが最終的な理論的拠り所として取りあげたのは、レイモンド・ウィリアムズ『現代の悲劇』であった。ウィリアムズは、「たぶん意味を取り違えてであろうとも日常的に悲劇と呼ばれているような今日のいろいろな出来事と、悲劇の伝統とのあいだに、われわれは実際上どんな関係を見出し、人生の判断基準となしうるか」(193)という問いに、「悲劇可能説」の核心がこめられていたと見る。この問いに導かれながらウィリアムズは、「悲劇と革命を対立させる考え方を、疎外された意識が生み出した誤った観念に由来するものとして解して、(中略)革命と悲劇の統一をめざした」(16)というのが、わたしの受けとめ方だった。「革命というものはすべて未完に終わる」(453)と見通す米国歴史家ゲーリー・B・ナッシュに従えば、ゆえに革命の挫折がいつも悲劇をもたらすし、悲劇的な状況がその革命的な打破に向かう衝動を多数者のなかにたえず生み出すことになる。

ウィリアムズの影響を受けてジョン・オーやジャネット・キングなど英国の批評家のなかからは、演劇ジャンルに限らずむしろ小説を中心に、社会革命と悲劇の関係を探る試みがあらわれていた。また、『ミメーシス』の著者エーリッヒ・アウエルバッハは、リアリズムが、庶民の日常生活のなかに潜む悲劇性を描き出して「様式分化の法則」を打破し、「様式混合」を成し遂げると論じ、ウィリアムズとは別の角度から現代の悲劇的表現に着目した論者だった。わたしにとってはこれらの論者こそ「悲劇可能説」のもっとも有力な論者だったのだが、残念なことに山田にとっては、Cの「悲劇可能説」に分類される論者としてグリックスバーグ以外、誰も視野に入らなかったようである。

悲劇的英雄のリアリティ

それにしても、「悲劇可能説」にとって最大の難問は、現代では悲劇的英雄にリアリティを感じにくい点にある。あらゆる悲劇論の前提とされるアリストテレス『詩学』は、第六章で「悲劇とは、一定の大きさをそなえ完結した高貴な行為の再現（ミメーシス）であり、（中略）

叙述によってではなく、行為する人物たちによっておこなわれ、あわれみとおそれを通じて、そのような感情の浄化（カタルシス）を達成するものである」（34）と定義し、「悲劇は行為の再現であり、（中略）行為の再現とは、筋（ミュトス）のことである。すなわち（中略）出来事の組みたてのことである」（35）と述べ、なかでも「逆転（ペリペテイア）と認知（アナグノーリシス）」（37）を支える出来事が肝心であるとする。さらに第十三章では、技術と捉えられた悲劇の筋の組み立て方が説明され、悲劇の主人公は「徳と正義においてすぐれているわけではないが、卑劣さや邪悪さのゆえに不幸になるのでなく、なんらかのあやまち（ハマルティア）のゆえに不幸になる者であり、しかも大きな名声と幸福を享受している者の一人」（52）でなければならないとしている。つまり悲劇の主人公にふさわしい人物とは、オイディプース、テュエステースなど、高貴な「家柄の、名の知れた人物」（52）に限られるのである。この点では、たとえば十六世紀シェイクスピアのハムレット、十七世紀ラシーヌのフェードルにしても然りである。

だが、すべての個人に平等の人権や尊厳があるということになっている現代においては、観客たちが属する共同体の運命を体現するような「生の全体像の認識あるいは知覚――を獲得する」特権が、特別な英雄だけにそなわっているなどという前提は、多くの観客、読者に共有されえない。現代の悲劇的英雄が凡人でなければならない所以である。しかし、凡人ふぜいが悲劇の主人公らしく、単に人間の苦悩をシリアスに表現するというだけでなく、「苦悩に直面しそれを越えようとするところの意志、精神の傾向を表現する」などという大それた役割を演じて、アリストテレスが「悲劇に固有なよろこび」と呼んだ「あわれみとおそれから生じるよろこびを再現によってつくり出す」（55）ことなど、どうしてできようか。それこそ現代の「悲劇可能説」にとっての隘路であろう。

とはいえ、この制約がとくに窮屈に感じられるのは、演劇形式においてではないだろうか。演劇における表現手段は、登場人物の外面的な行動と明晰に言語化されたセリフなのであり、せいぜい独白や傍白に訴えることができるのみである。これでは、このジャンルにおいて現代に似つかわしい凡人を主人公にしたら、そんな人物に悲劇的行動やセリフをとってつけるわけにいかない以上、「悲劇可能説」が立ちゆかなくなるのも無理はないと思える。それに対して小説のジャンルでは、いかなる凡人の言葉になりきらないような内面心理をもつぶさに描き出すことができるし、神の如き全知の視点から地の文をになう語り手が凡人の登場人物の知的水準に限られない見識を表明することもできる。だからこそ、現代の「悲劇可能説」を主張する論者たちは、演劇ジャンルよりもむしろ小説から実例を引くことになるのであろう。近代小説の主人公に悲劇的英雄を見出すことは困難ではない。ジュリアン・ソレル（『赤と黒』）、ラスティニャック（『ゴリオ爺さん』）、ラスコーリニコフ（『罪と罰』）、ドロシーア・ブルック（『ミドルマーチ』）、エンマ・ボヴァリー（『ボヴァリー夫人』）、テス（『テス』）等々。彼らは「大きな名声と幸福を享受している」高貴な人物どころか、社会的地位からすればまぎれもない凡人である。

凡人の悲劇

しかし彼らは凡人でありながら、願望を遂げようとするその情熱の激しさにおいても、頭打ち天井となる上流階級に対する憎しみや反抗心の苛烈さにおいても、多くの観客、読者を感服させるに足るほどの非凡さを兼備している。ところがクライドやロバータはどうであろうか。彼らが取りつかれた願望は、世間にあふれる宣伝広告でイメージされた麗しい生活の一角にもぐり込みたいというみみっちい志向に過ぎず、それを擬似的に味わおうとして過ちをおそるおそる犯していくそのやり方も、いかにもいじましい。やすやすと読者の同情を引くとも思われるかもしれないロバータだって、劣位を強いられる女性が頼りとせざるをえない現実主義のいじましさを厭というほど露呈するから、悲劇のヒロインとはほど遠い。これでは、『アメリカの悲劇』の主人公たる登場人物たちは凡人であるというだけのこと、悲劇的英雄性の片鱗も見出せないと断じられても致し方ないと思えてくるかもしれない。

それでもクライドは、ただの凡人として見限るわけにはいかない人物として描かれていると言わなければならない。もともとアリストテレスが論じたように、「おそれとあわれみを引き起こす出来事の再現」(51)たる悲劇においては、あわれみもおそれも「わたしたちに似た人が不幸になるときに生じる」(52)がゆえに、主人公は「わたしたちに似た人」、つまり凡人たるわれわれ観客や読者と同列の人物でなければならないとすれば、その条件をクライドも満たしているではないか。この主人公を描くときの描き方は、一回一回の出来事においても、人物の行為が外面から描かれるだけでなくその内面心理からも捉えられ、そのために繰り返しが多くなって不器用とも感じられるほどであるが、そうすることによってはじめて、凡庸なクライドが淫するおこないの、いじましくもいじらしいありさまが浮かびあがり、そこに根は優しく繊細な気性が時に顔を出すと書きあらわされることも可能になって、おかげで読者の同情や共感を誘うことも可能になっているではないか。

それのみならずクライドは、小説の締めくくりにあたる第三部第三十二章あたりから、わずかながらも「覚醒しつつあった意識」(899)からの真摯な自省にふけりだす。第三十三章でそれはつぎのように描かれる。

おれは孤独だ。信じてくれるような人なんか一人もいない。**誰一人いないのだ**。あの罪を犯す前におれが悩み抜き、責めさいなまれたあげくに走らざるをえなかった行動に、あくどい罪障以外の動機を見てとってくれた人は、どうやら一人もいないようだ。だけど——だけど——おれは、みんなが考えているらしいほど罪深くはないという実感を心のなかに抱きかかえている（中略）。連中がどうしておれを裁いたりできるんだ。あの連中みんな、どいつにしろ、母さんでさえ、おれが精神的、肉体的、宗教的にどんな苦しみを嘗めたか、知りもしないくせに。（中略）どんな事実があるにしろ、誰もがおれに罪ありと思っているにしろ、おれの心の奥底には、それに反発して声をあげる何かがわだかまっており、ときには自分でもギョッとするほどだ。（中略）ああ、こんなにもとらえがたく、もつれ合って苦しめさいなむさまざまな思い！　いったいおれは、ことの顛末を頭のなかできちんと整理することすら、いつまでも——ろくに——できないままでいなければならないのか。（916）

いよいよ自分の死刑執行が確定したと知らされると、「クライドは顔や眼に、これまでの短くも激しい生涯で一度も見せたこともないような勇気と品格を湛えて、師の前に突っ立っていた」（918）と外面描写される。さらに死刑執行が数日以内に迫ってくると、内面では、「主よ、われに安らぎを与えたまえ。光を与えたまえ。抱いてはならない邪な思いに抗う強さを与えたまえ。わたしは純白な人間でないことは存じております。ああ、とんでもありません。邪なことを企てたと承知しております。そうです、そうです、それはわかっているのです。告白します。だが、わたしはほんとうに今死ななければならないのでしょうか」(927)などと、自己を直視した呟きを発する。ここには、外的な諸力に翻弄されただけの犠牲者にすぎない凡人に対する同情のみならず、クライド自身の立居振舞いにも「悲劇的事態に対する特定の反応、精神のあり方(中略)、すなわち危機、苦悩を大胆に直視し、それらに対決する精神の偉大さの表明」という、山田が悲劇のヒーローに要求した条件にかなう威儀が、曲がりなりにも見出せるのではないか。

悲劇的小説のメカニズム

確かにここには、クライドの「こんなにもとらえがたく、もつれ合って苦しめさいなむさまざまな思い」が埒もなく繰り出されるだけで、ヒーローが明晰なセリフで語る「認知(アナグノーリシス)」は欠如しているように見える。だがアナグノーリシスは、演劇ジャンルでは悲劇的英雄が最終的に到達する透徹した認識として、ふつうは戯曲の結末近くにあらわれるいわゆる最後のセリフによって明晰に表現されるけれども、小説においてはそれと異なり、言語表現に疎い（inarticulate）登場人物のセリフに限られずに、全知の視点をになう地の文を含めた物語全体で表現されることが可能になる。

劇形式では、アナグノーリシスに通じる状況を伝える役目が、古代ギリシャ悲劇におけるコロス（合唱隊）の歌や朗唱に託されたり、後世ではナレーターや狂言まわしに振りあてられたことはあったにせよ、登場人物のセリフと所作だけを頼りに果たされるのが原則である。これに対して、小説では多くの場合、名指されぬ語り手の発する地の文が物語を進め、あらゆる出来事についてコメントしていく。この点を踏まえてジャネット・キングは、悲劇的小説のメカニズムについてつぎのように述べる。

> 劇作家は、決断にいたる全過程、あらゆる感情、あらゆる意思疎通を、現実生活におけるよりももっとはっきり表現《アーティキュレート》しなければならないという必要に、たえず迫られる。もしはっきり表現できない《インナーティキュレート》人びとの決断や経験がリアルに描かれたものを見たければ、小説に期待するほかない。小説においては、直接話されたセリフに限られず、物語で展開できるからである。（39）

小説における地の文は、登場人物の誰かのものではなく、作者の言葉である。それは全知の視点から発せられ、当該作品世界における神の言葉に近い。ところがある時代から一部の小説家たちは、全知の視点から捉えられる真実には限界があるという実感に躓き、地の文から全知の視点などという特権的地位を剝奪しようとしはじめた。世界や人間のはかりがたさに直面すれば、神とは無縁のリアルな当惑こそを伝えたくなるし、その世界の創造者たる作者としての全知を出しゃばらせたくないと願うようになった、ということであろう。

主人公の自覚的意識をアナグノーリシスに到達させることへのこだわりは、たとえばF・O・マシセンのドライサー論で、つぎのように鮮明にあらわれる。

ドライサーは、みずからの経験からその欺瞞性を確信するようになった、自由な個人に関する十九世紀の神話を拒否した。そのあげく、人間には何の目的意識もないと描き出し、かつての神話とは正反対の極論に達した。クライドのような状況こそ、クーパーウッドのような状況よりもはるかに広範に見られるアメリカ的典型をなすという結論をくだしたのである。だが、クーパーウッドはある意味で悲劇を超越していたとすれば、クライドは悲劇に到達していない。葛藤のないところに真の劇《ドラマ》はありえないからである。(205)

さらにマシセンは、クライドを「ハムレットのような人物やラスコリニコフのような人物を自由にする、自己の運命についての最終的認識」が持てなかった「追い詰められた動物」(207)にすぎないと見切る。

ここには、アナグノーリシスに到達する主人公の登場を不可欠の要件とみなす、劇的形式による悲劇のみにあくまでも執着する姿勢が見られる。反面で、クライドを「追い詰められた動物」と決めつけていることから、自然主義文学への憾み、違和感を抱いている文学伝統に忠実な者らしい姿勢もあらわになっている。マシセンは、T・S・エリオットやヘンリー・ジェイムズの研究者としてモダニズム文学評価路線を米国文学界に確立したのち、代表作『アメリカン・ルネッサンス』によって第二次大戦中に米国愛国主義の文学史確立を果たしたハーヴァード大学英文科教授として、絶大な影響力や権威を有していた。おまけに、戦後反共主義の荒波のなかでアカ狩りの犠牲者として自死に追いこまれたとも見られた。そんなマシセンの最後の遺作がドライサー論だったために、その所論が後のドライサー研究に深い影響を残し、クライドを人間以下の存在とみなす見方の保存に寄与してきたのではないだろうか。

自然主義文学と悲劇的小説と

マシセンの権威にも時代の風潮にも抗して『アメリカの悲劇』が自然主義文学であると同時

に悲劇的小説でもあると断じ、自然主義文学における悲劇性の復権をはかったエレン・モアズのつぎの一節は、今でも噛みしめるに値する。

> 小説の結末で、またじつは小説全体を通じて、クライドによってかきたてられる憐憫と恐怖は、彼の生活が人間的と言える最低限のものでしかなかったことにより、薄められるのでなく、強められている。ドライサーの自然主義の最終的な達成は、尊いものを謳歌すること、つまりメカニズムにしかすぎないような人間にそなわる悲劇的意義を賞揚したことにあった。(232)

だが、『アメリカの悲劇』の悲劇性をやはり高く評価するポール・オーロフは、モアズのドライサー研究の重要性を随所で認めながらも、『アメリカの悲劇』に対する彼女の解釈については、「わたしの『読み方』とは大違いである」(226n. 6)と明言する。人間を描くのが文学の本領であるからには、「純粋に自然主義的な小説などというものはない」(78)と考えるオーロフにとっては、「ドライサーの自然主義の最終的な達成」を云々するモアズの所論を受け入れることができなかったのであろう。それどころかオーロフは、「ドライサー小説の自然主義的/機械論的側面を過剰に重視したことによって引き起こされた批評家たちの盲目性」(85)

に支配された二十世紀アメリカ文学界の論調を、今後打破していかねばならないと力説する。そのためには、『アメリカの悲劇』は「メカニズムにしかすぎないような人間にそなわる悲劇的意義を賞揚」しているなどと論じて、自然主義文学を擁護しようとする見当違いを正さなければならないと。すなわち、『アメリカの悲劇』が描いているのは、「人間存在には真正の個人性――正真正銘の自我――がそなわっているし、クライドやロバータ・オールデンの個性が帯びている内在的な現実性や重要性こそが、彼らの生死にまつわる悲劇的意味の源泉であるということ」(100)であり、「自我の内在的な現実性についての反自然主義的言明」(102)であると主張するのである。

自然主義文学の主人公に読者が憐憫や恐怖をかきたてられるとすれば、分裂した社会のなかで勝者がいれば必ずあらわれざるをえない敗者に、凡人たる読者の同情が集まるからであろう。しかし、遺伝や環境の仕組みや構造から必然的に生みだされる犠牲者に同情が集まるというだけでは、犠牲者自身の悲劇的英雄性などあらわれようがない。このことを的確に例示するのは、ほかならぬドライサー自身が『アメリカの悲劇』に先立って発表した『陶工の手――四幕からなる悲劇』である。題名に「悲劇」と明記されたこの戯曲の主人公は、被差別民族たるユダヤ系の貧しい青年イザドア・ベルチャンスキーであり、性的倒錯を起こしたために十一歳の少女を襲って殺害したあげく、官憲の捜索に追い詰められた末に自殺する。まさに生物学的、社会的構造の歪みから生じた犠牲者であるが、いかにもそういう人物らしく、みずからの想念を多少とも観客に伝えるだけの言語表現能力に欠けている。したがって、戯曲が描く出来事の悲劇性についてのアナグノーリシスは、主人公自殺の現場に駆けつけたアイリッシュ系の新聞記者クインが記者仲間を相手に、「こいつ［＝イザドア］が自分の性格をどうしようもなかったのは、ハエがハエであって象でなくてもやむをえないのと変わりなく、仕方ないわけで、自然というのはおれたちが知ってる何ものにも増して奥深く強いものなのさ」(196-97) と弁じる、自然主義文学的弱者弁護論である。主人公以外の他者がこういうロジックで、犠牲者である主人公を本人に代わって弁護する、長ったらしい同情的なセリフを吐くことによって、この作品のアナグノーリシスが明らかにされるのである。

しかし、この戯曲を酷評したH・L・メンケンに反論する手紙でドライサーは、「悲劇がこれまで照らし出してきてくれたのはいったい何だったたでしょうか――生の測りがたさや生をめぐる諸力や偶然性にほかならなかったではありませんか。悲劇が教え諭し、伝授しようとしてきたのはいったい何だったというのですか」(Dreiser-Mencken Letters, 284) と述べ、山田に倣って言えば「生の全体像の認識あるいは知覚」を観客や読者に教えなければならないという、シリアスな悲劇観に執着していると吐露した。

だがじつは、だからこそ、弁の立つ人物に横から解説させるみたいに悲劇的認識を語らせるのでは、悲劇の表現として弱いとも痛感していたに違いない。『アメリカの悲劇』執筆に取り組みながら、言語表現に疎い《インナーティキュレート》凡人を主人公に仕立てつつ、何とかその主人公の行為の再現を通してアナグノーリシスを表現する筋の組みたてを模索した努力が、クライド・グリフィスという人物の創造に結実したのではあるまいか。

悲劇的凡人の実存

そのような模索の果てに浮上するクライドは、システムを構成しながら代謝されていく凡人多数者を代表して典型化、類型化されるにとどまらず、あるがままにかけがえのない自我をそなえた実存でもあると示されなければならなかったのであろう。オーロフがモアズに抗してこだわっていたのはこの点である。確かに、クライドは死刑に処せられるとはっきりした時点で、「おそらく……、――ぼくのものの見方にどこかゆがんだところがあるに違いない。ほんとうは、ぼくが有罪とされたあの法律違反を振り返ってみて、それに対する自分の理解の仕方にどこかおかしなところがあるのか考えてみたいのです。今では自分でもはっきりしなくなってるんです」(909)と言いだし、「はじめて――とはいえこれほど明白な悔悛をうかがわせるようになったというのに――自分の罪深さを今はじめてつかみかけてきたというのに」(915)とマクミラン師に認められる。

結末近くにいたってようやくクライドは実存に目覚め、このような人物にも人間的尊厳を求めるたたかいが内在していると描き出されて、自我が真摯に考えはじめた徴候を見せることになる。その結果はまり込む泥沼のような思弁の焦躁は、「ほんとうはどうだったのか、嘘偽りなく（正確に）思い出そうとしながら、自分自身に対してすらはっきりさせられないことにすっかり狼狽している――自分に罪があったのか、それともなかったのか。あったのか――それともなかったのか」（913）などというあやふやなものであれ、「単なる人間の苦悩の表現ではなく、苦悩に直面しそれを越えようとするところの意志、精神の傾向を表現す」べしという、悲劇のヒーローに山田が要求した条件に辛うじて沿っている。だからこそクライドは、「わたしは邪でした。わたしは不人情でした。わたしは嘘つきでした。ああ！　ああ！　ああ！　わたしは不誠実でした。わたしの心は邪悪でした。邪なことをした連中の仲間に加わりました。ああ！　ああ！　ああ！　わたしは盗みを働きました。わたしは欺瞞的でした。わたしは残酷でした！　ああ！　ああ！　ああ！」（907）というような悔悟にはてしなく取りつかれ、「モノが――たんなるモノが――すごく重要だと思えたっけ――」（925）などと、深い後悔から生じる自己批判を口走る。

そういう認識は、大衆消費社会のなかで自己疎外に陥った者の享楽主義の根底にある物神崇拝（フェティシズム）を糾弾するアナグノーリシスと見ることもでき、物神崇拝などというような言葉遣いでクライドのセリフがあらわされているわけでないにしても、読者に感得されうるものとして、小説締めくくり部分の表現全体から浮上してきているではないか。そこには、この小説は「少数の読者には革命を欲するように仕向けるけれども、大多数の読者には現実へのノスタルジーをかきたてる」（442）とか、「作者は改革者ではなかったが、この本は読者に世界が変わってほしいと思わせる」（453）とか、ドロシー・ダッドリーが単行本形式による最初のドライサー評伝で早々と言い切ってみせた卓見通りの達成が成し遂げられていると言えよう。

それでもなおクライドには、処刑台の電気椅子にのぼらなければならないことに対する割り切れなさが最後までまとわりつき、英雄的な覚悟や気骨が希薄である。そこには、ロバータが溺死する原因となったボートの転覆は、偶然の出来事にすぎないという筋の組みたてによって、この出来事の「どこまでが、ほんとうは自分の責任なのか見きわめがつけられそうもない」（909）事実が介在している。自分は故意にボートを転覆させそこなったのだから、謀殺の罪に問われて死刑に処せられるはずはないという思いがあり、そのために「どんな事実があるにしろ、誰もがおれに罪ありと思っているにしろ、おれの心の奥底には、それに反発して声をあげる何かがわだかまっており、ときには自分でもギョッとするほどだ」（916）というわけである。

だが、クライドが最後まで引きずっているこのような煮えきらなさは、悲劇のヒーローに完全になりきれていないことのあらわれとも見なしうる。ミハイル・バフチンの見方からすれば、悲劇はダイアロジックな文体と相容れないのだから、このようにクライドの人物像にヒーローの煮えきらなさをとどめておくのは、『アメリカの悲劇』が悲劇的意匠というモノロジックな文体に近づきつつも、それに収斂されることなくダイアロジックな文体にとどまるための方法だったとも思える。

ドライサーは『アメリカの悲劇』発表の十年後に書いたエッセイ「アメリカの悲劇の実物を見つけた」で、クライド・グリフィスのモデルとされるチェスター・ジレットや、クライドを真似たのではないかとも見られたロバート・アレン・エドワーズなど、性的犯罪を犯して死刑になった実在の平凡な青年たちを弁護した。このエッセイでドライサーは、クライドのような平凡な青年が「社会順応的な夢」(10)に取りつかれたからといって処刑されるべきではなく、若者が「社会や生そのものが強いる厄介で道理に合わない無理押し」(17)に追い詰められ、欲望を追求する犯罪の下手人というより「むしろその被害者」(17)になってしまうのだと論じている。つまりドライサーは、論説の形では自然主義文学的犠牲者免罪論への傾斜を強めている。しかし小説作品においては、このようなモノロジックな悲劇的犠牲者擁護論一辺倒に終わらず、平凡な青年の心の内奥からの叫びを響かせる趣向に突き抜けて、ダイアロジックな悲劇的表現などという、それまでありえないと思われていた究竟に踏み込んでいったのではないだろうか。

クライドが背負う法的問題

それにしても、ボート転覆にまつわる筋を組みたてるために、ドライサーはいかに苦心したことか。それが偶然の事故だと思えるがゆえにクライドは、世間の因習やら法曹やらキリスト教の教理やらから、いかに責めなじられ、あるいは罪を認めるように説き勧められようとも、どうにも承服できず、そのことが、みずからの行為全体の罪深さを認知しそこなう躓きの石になって、死刑に臨む瞬間にも心の奥底で未練がましい割り切れなさに取りつかれたまま、英雄らしい境地に達することなく終わる。このような筋を法学教授アルバート・レヴィットは、「法学試験問題として見事」であると評価し、そこに描かれた事実を「殺人事件審理を扱う設問としてわたしの授業の期末試験」に出題したいと述べた（217）。法学者やその志望者にとってもそれほど頭を捻らなければならない問題だというのだから、クライドがそれを容易に解けなくても不思議ではないわけである。

レヴィットは大学で教鞭をとる法学者でありながら、売れ行き好調な『アメリカの悲劇』のさらなる販売促進のために出版社が企画した、「クライド・グリフィスは第一級殺人罪を犯したか」という題の懸賞論文募集に応募し、最優秀賞を獲得した。出版社は懸賞論文募集キャンペーンには熱心だったものの、受賞論文そのものを宣伝することに関心がなかったようで、この論文の存在は知られていたにしても、その内容は長年知られぬままになっていた。これが謄写版刷り小冊子の形で米国議会図書館に埋もれていたのを発掘して世に知らしめたのは、wが一九九一年に発表した論文である。おかげでレヴィットの所論がわれわれにもはじめて明らかになった。

受賞論文では、刑法、キリスト教倫理、陪審に提出された事件像、そして社会の現状といった、さまざまな角度からクライドの行為が吟味検証されているが、事実と刑法に照らして量刑の妥当性を問う第一の課題に対する回答は、クライドに「せいぜいのところ、意図せざる殺害たる故殺の罪を負わせることはできるかもしれないが、第一級殺人の罪は謀殺を意味するがゆえに負わせるわけにいかない」(228) し、したがって「クライドは死刑に処せられるべきでなかった」(240) というものだった。しかしながらレヴィットは、このような事件を生じさせる責任の一端は米国社会にあるとする一方で、いかにも法学者らしい冷淡な見方も披瀝し、キリスト教道徳から見ても陪審の目から見ても、クライドは有罪であり社会の「毒草」であることは確かなのだから、「駆除されてならない理由など見当たらない」(241) と書きしるして、司法的判断を揺るがすような同情など一欠片も持ち合わせていないことを明らかにしてもいる。だからこそなおさら、厳密な専門的法解釈に従うならば死刑は不当判決にあたり冤罪であると、レヴィットが公平な法学者としての権威をかけて断言している以上、クライドが死刑に臨んでもなお割り切れない思いを抱き続けるのは無理もない、と思えてくるではないか。

クライドは、最終的にみずからの実存に覚醒したと辛うじてしか言えない意識にとどまる。それは、この小説が自然主義文学、悲劇的小説いずれのカテゴリーにもすっきりおさまりきれない夾雑物《きょうざつぶつ》を抱えていることから生じた主人公の限界であるのだが、クライドの罪状認否に困難をもたらす法的にまぎらわしい筋の仕組みにも由来しているのだ。

リチャード・ライト『アメリカの息子』

クライドの懐く割り切れなさと対照的なのは、リチャード・ライトが書いた小説『アメリカの息子』結末における主人公ビッガー・トーマスの覚醒である。黒人作家ライトがドライサーに私淑し、『アメリカの息子』が、筋の組みたて方、とくにその三部構成や最後に裁判の描写を配した点において、『アメリカの悲劇』に触発されていることは、周知の事実である。しかしビッガーはクライドとは違い、救いの手を延ばしてくれたマックス弁護士と最後の別れをする場面でも、「おれが何のために人を殺したか、それこそおれの存在理由なんです！（中略）人間が人殺しをするときは、何らかのわけがあるんです。……人殺しをするに足るほどものごとを強烈に感じたときにはじめて、おれはこの世にほんとうに生きているとわかったんです」（429）と確信をこめて言い放ち、マックスをぞっとさせる。小説の結末でも「かすかな、皮肉っぽい、苦笑いを顔に浮かべて」（430）おり、クライドが最後に見せる煮えきらなさとは無縁の素振りである。クライドが最後に、みずからを真摯に反省することができるようになるほどの実存に目覚めたとすれば、ビッガーは、殺人に走らざるをえなかった実存の認識に達しただけでなく、そういう実存こそみずからの存在理由だと開き直る「主義」をも見出したと言えるのではないか。

マックスは裁判で「有罪を申し立て、減刑を申請する」（358）方針を採る。有罪を申し立てれば陪審が省略されるという米国裁判制度における司法取引を利用しようというのである。陪審なしにすぐ公判に入ることによって、弁護士は犯罪事実の立証を反駁する手間隙《てまひま》にかかずらうことなく、もっぱら情状酌量を訴えることができるようになる。「きみがどう思い、なぜそう思うのか、ありったけ裁判長にぶちまけて、裁判長に終身刑を出させるように試してみる。（中略）そうすれば、裁判の結果は、担当裁判長がいかなる人物であるかということに大きく左右されることになる」（358）というわけである。というのも、ビッガーのような黒人被告にとっては、白人のみからなる「陪審には信頼を置けない」(358)以上、人権を一応理解しているはずの裁判長が出す判決に賭けるしかないからである。この結果、共産党系の弁護士であるユダヤ人マックスは裁判長の良識に訴えるべく、黒人青年ビッガーが人種差別のもとで社会矛盾の犠牲者として苦しめられてきたことを酌量すべき情状として、自然主義文学の弱者擁護論に似た論法で延々と弁じることになる。おかげでビッガーは法廷で、みずからが投げ込まれた境遇をマックスによってマルクス主義の視点から客観的に説明してもらい、その弁護論を聞かされて多少救われた思いを抱く。そうではあっても、マックスの説明には自分の実感とはどこかそぐわない臭みを感じる。そして、そんな弁護論に代わる悲劇のアナグノーリシスめいた認識として、かけがえのない自我の実存に恃むあの主義に自力で到達すると描かれるのである。

クライドの場合も、罪状認否で有罪答弁して陪審を回避する弁護方針に頼る可能性はあった。しかし、小説中で説明されているとおり、そうすることによってもっぱら情状酌量を訴えるにしても、その情状とは、犯行の決定的瞬間に心神喪失ないし心神耗弱に陥ったということであるとすれば、グリフィス一族の血統に遺伝的精神病質があるとほのめかすことになりかねないし、ソンドラの富と美に目がくらんで平常心を失ったことを酌量すべきだと訴えるにしても、公判中は富豪の令嬢ソンドラを守るために、極力その名前にすら触れないようにするという手配が抜かりなく整えられている以上、この方針を貫くことは困難である。したがって、有罪を申し立てる弁護策はとられないのだが、たとえそういう弁護策をとったとしても、ビッガーがマックスによる渾身の努力にもかかわらず死刑判決を免れることができなかったと同様、クライドも、リンチに走りたくてうずうずしているような住民に囲まれているのに、死刑判決を受けずにすむことになるとはとても思えない。

クライドやビッガーからは、日本における永山則夫（連続ピストル射殺事件被告）、石川一雄（狭山事件被告。いったんは死刑判決を受けるも終身刑に減刑され、その後釈放されて再審請求運動に従事している）、李珍宇（小松川事件被告）などの死刑囚が連想されもする。生まれ育ちが貧しく、まともな教育を受けられず、検挙された当時は未成年かそれに近い若年――被差別部落出身だったり在日朝鮮人差別を受けたり、冤罪が疑われたりと、情状酌量の理由に事欠かなかった囚人たち。彼らは獄中で死刑に直面して勉学に目覚め、自力で文字を習い覚えただけでなく高度な文筆活動にも乗り出して、世にみずからの死刑判決の不当性を訴えて、再審請求し続けた。これらの死刑囚たちは従容として死に就いたか、疑わしい。死刑台の前で死に物狂いに暴れて、死刑執行官たちを手こずらせ、怪我さえ負わせたかもしれないのだが、そういうことは発表も報道もされない。だから、死刑囚を一定期間収監するのは、死刑に臨む覚悟を培わせ、国家による処刑に従順に服させるための準備のためとも思える。クライドは死刑囚収容施設に繋がれているあいだ、何人もの死刑囚が処刑室に送りこまれていくときのさまざまな振る舞い方を見せつけられる。クライドがもし永山則夫ほど死刑囚監獄に長年閉じ込められたりしたら、何かもっと明晰な言葉で自分の思いを表現することができるようになったであろうか。また、できるようになったとしても、処刑されることに対する割り切れなさがいささかでも軽減されることになったであろうか。

理知への失望、「民主の花形」への期待はずれ

小説『アメリカの悲劇』の締めくくりの部分で肝心なのは、クライドがキリスト教の救済を受け入れるようにマクミラン師から説得されそうになりながら、最終的にはそんな救済策に安んじるわけにいかずに、割り切れない思いを抱えたまま処刑されていく筋になっていることである。『アメリカの息子』でこの筋に見合っているのは、ビッガーがマックスから吹き込まれた被抑圧者についての革命的理解を奉じる共産主義とは最終的に訣別して、実存主義的な解放を肯んじる自我の覚醒に赴く展開である。いずれにしても、主人公がぎりぎりの英雄性を背負い続けるためには、権力からの告訴はもちろん出来合いの弁護論や救済策も拒絶して、みずからにもっとも近づいてくれたように思える恩師ともなりうる人物と訣別せざるをえなかったということこそ、小説の悲劇性の核心をなしている。

すなわち、拙著『ドライサーを読み返せ』で参照枠に用いたナンシー・ルッテンバーグによって、逆境にまみれていつも社会の底辺に押し込まれてきた者たちにとっての起死回生の途と把握された、「民主の花形」としての「無名の集団的な主体（モブ、大衆、〈場外の民衆〉）」(36-7) の言動が、リチャード・ホフスタッターが「反知性主義」と名づけた潮流のなかに息づいていて、それが米国社会を民主化する原動力の一端をなし、この世から忘れられてきたような者を救い出してくれるかもしれない――そんな期待も、『アメリカの悲劇』におけるクライドにとっては、「民主の花形」とも見えそうな母親やマクミラン師が非力にとどまる結果、虚しく潰えさるのである。現代の民衆が資本主義の迷妄に誑《たぶら》かされているのみか、宗教的に素朴な俗信、狂信にも取りつかれ、ともすればみずからの同類に対するリンチに走りがちな心性にもとらわれている実態に照らせば、そんなものは画餅に帰すのが当然の成りゆきであろう。

かといって、学識に支えられた正統派の宗教家はもちろん、ほんとうは無資格の伝道師にすぎなくても一面では深い教理に通じているマクミラン師のような理知の人も、ベルナップ、ジェフソン、メイソン、あるいはマックスのような知的専門業者である法曹も、社会システムを支えるために貢献する主知主義に対して根本的な不信にとらわれている被告たちに、救いをもたらしそこねる。

理知の力への期待と反知性主義の簡勁《かんけい》さへの嘱望と、どちらを向いても希望が絶たれた被告は、まさに悲劇的窮境に追いこまれているということではないだろうか。

二 「宗教二世」の悲劇

『アメリカの悲劇』の副次的主題として最初にあらわれるのは、アメリカ社会における宗教、とりわけカルト的宗派におけるいわゆる「宗教二世」の問題である。小説の冒頭で街頭伝道集会を執りおこなう家族が描かれ、また最後でも、顔ぶれが変わったとはいえ同じ家族の街頭伝道集会に従事する姿が、コーダのようにあらわされているとなれば、この作品は始めから終わりまで宗教という糸によってつなぎ合わされていると見てとるほかないであろう。クライドの人物像には、伝道事業に携わる両親によってきわめて敬虔な家庭生活を強いられたために、思春期にそれに反発せざるをえなくなった若者としての性格が色濃く染みついている。クライドが、日本では最近、安倍元首相の暗殺をやってのけた旧統一教会信徒の息子山上徹也の出現によってにわかに注目されるようになった「宗教二世」に類する青年であり、大ざっぱに言って「宗教二世」に共通する困難に直面していたことは確かであろう。

宗教大国アメリカ

「宗教二世」問題は一般に、正統的あるいは保守的な教会組織に支えられてきた伝統ある有力宗教では滅多に起きず、熱狂的な信仰や宗教活動を特徴とする新興のカルトに伴う現象と見られる。科学技術大国である米国が、それと矛盾するような宗教大国でもあるという事実は、多くの論者たちに注目されてきたが、その宗教は伝統的なキリスト教であっただけでなく、フロンティアにおける宗教的、文化的実験として無数に生まれてくる新興宗教も含んでいた。否、米国では、建国神話においても独立革命の歴史においても、十七世紀の英国革命における、ピューリタン以上にラディカルだったレヴェラーズ、ディガーズなどの流れを汲む非国教会系のキリスト教徒が大きな役割を果たしてきたし、数次にわたる「大覚醒」や信仰復興運動によって福音伝道派（エヴァンジェリカル）、根本主義（ファンダメンタリズム）の教説が既成の宗派にも行きわたっている。広大な国土のなかで牧師のなり手が不足していたために、バプティスト派やメソジスト派のように平信徒の説教師が厳密な資格も問われぬままに教会を司ったり、一部の伝道活動家が正統派との関係にこだわらずに勝手に個人的教会を興したりすることもめずらしくない。そんな状態では、正統とカルトの区別、異端や異教の識別も簡単でなくなる。クライドの両親もマクミランも、そういう潮流に乗っている。

クライドの両親が従事している伝道活動は、漠然とキリスト教福音伝道派に由来すると推定できるにしても、いかなる正統な教会ともつながっていない。父アサも母エルヴァイラも牧師としての資格にはまったく欠けている街頭説教師にすぎないから、彼らが主宰しているようにも見える伝道活動は形式上、まったくの新興宗教カルトと変わらないわけである。クライドが死刑囚監獄に収監されたのち、母親からの依頼を受けてクライドの宗教的助言者としてあらわれるマクミラン師も、叙任を受けていない牧師として独立した教会を運営しているとされているから、基本的にはクライドの両親と変わらない、無資格の伝道師にすぎない。クライドを始めから終わりまで取り囲むこれらの宗教者たちは、『聖書』の根本主義的解釈に立った反俗的宗教生活を送ろうとするから、そんな生活に幼いときから巻きこまれる子弟たちは、「宗教二世」としての苦難を嘗めることになる。

ドライサーの自伝性

クライドのこのような経歴は、そのモデルに選ばれたチェスター・ジレットの実生活にもとづいて設定されている。ジレット＝ブラウン事件を事実に即して描き出したクレイグ・ブランドンによれば（35-40）、チェスターの両親は当初、やはりカルト的とも見られた宗派である救世軍で働き、のちに、ジョン・アレグザンダー・ダウイーがシカゴで興した、奇跡的治療法を売りつけるまぎれもないカルトに参加した。チェスター自身はこれらの宗教活動から距離を置いていたようだが、このようなカルトの家庭に育ったという事実は、アメリカ社会の宗教をめぐる悲劇性をえぐろうと狙ったドライサーが、チェスターを『アメリカの悲劇』主人公のモデルに選ぶ要因の一つになっていた。

しかし、ドライサーがクライドを狂信家の子と設定した経緯からは、チェスターの家庭環境から素材を借りてアメリカ社会における宗教という社会問題の描写にあてようという意図にとどまらず、この小説に自伝性をこめようとする狙いも窺い知れる。周知のようにドライサーの父親は、ローマ・カトリック教会の熱烈な信者だったので、ローマ・カトリックという正統キリスト教そのもののように思われる宗派のなかにあっても、カルトにも引けをとらない反俗的狂信にのめりこみ、なけなしの稼ぎも教会に寄付して家族に貧乏生活を強いた。子どもたちにも「宗教二世」と言えるような暮らし方に従うよう強制したのである。作者ドライサーは、みずからの少年期に受けたそういう経験をクライドの描写に注ぎ込んでいる。

ドライサーは兄姉たちと同様、公立小学校ではなくカトリック教会付属の教区学校に通い、家庭ばかりか教室においても僧侶や尼僧から宗教教育をたっぷり施された。自伝的著作では

「宗教二世」さながら、そういう宗教的な教育を押しつけられたことに対する呪詛の言葉を吐いている。米国にのさばる宗教の弊害をもっとも集約的に体現しているとも思われる「宗教二世」を見るにつけ、身につまされるような憐憫を覚えていたに違いない。ただし、同じ「宗教二世」とはいえ反抗心旺盛で非行に走り不良になるのが多かった兄姉たちとは異なり、ドライサーは教区学校ではおおよそ従順な生徒だったのではないかと想像される。少なくとも『聖書』の知識を仕込まれてじゅうぶんに身につけたことは、その後の著作、とりわけ『アメリカの悲劇』に聖句が頻出することからも明らかである。にもかかわらず、しゃにむに押しつけられたキリスト教の教理や世界観には激しく反発し、そこに根ざした既成宗教一般に対する憎悪が、その後独特な思想を培う原動力になったと見られる。

クライドも幼い頃からキリスト教の世界にどっぷり浸かってきたのに、現実にあまりにもそぐわない暮らしに難渋している両親という敬虔な信者の見本を見せつけられるばかりで、信仰に入る気にはとてもなれない。それでも、死刑に直面するとマクミラン師の教誨に釣り込まれ、世間向けに信仰を告白する最後の言葉を綴る。そのあげくに到達した心境は、つぎのようにあらわされる。

だけどクライドは、これを書いてしまってもまだ半信半疑の思いを抜けきれなかった。

おれはほんとに救われたんだろうか。人生ってこんなにもあっけないものなのか。たった今、自分は揺るぎない安心の境地にあると明言する言葉を書いたけれども、神に頼れば安全だなんて思えるか。どうなんだ。人生はあまりにも不可解だ。未来はあまりにも茫漠としている。死後の命なんてほんとにあるのか――おれを歓迎してくれる神なんて、マクミラン師や母さんが力説しているようにほんとにいるのか。どうだろうか。(928)

これではクライドが最後まで信仰をもつにいたらず、死刑台に上る直前であっても割り切れない思いを懐いたままであることが明らかである。こうして、「宗教二世」にキリスト教的な救いの途が開かれることのないまま物語は終えられるのみならず、マクミラン師や母親さえ信仰を揺るがせられかねない衝撃に見舞われることになるのである。

つまり、アウエルバッハに言わせれば『聖書』が描き出すユダヤ民族の世界において、来世における救済という喜劇を動機にしてキリストの教えに目覚め、「現世における日常的な出来事のまっただなかにいながら心の奥底で新たな精神の運動が生まれるのを経験している凡人たち」(43)は、「必然的にきわめてシリアスで、たいてい悲劇的な振る舞いをする」(44)のだが、そのような現世に関するキリスト教の悲劇的世界観がクライドの心に届くことはない。なぜ届かないのか。イエスの説いた宗教とは愛の力のことだったとすれば、非凡なる凡人である母も師も、福音の理知的解釈にのめり込む一方でクライドに愛を及ぼそうとしながらも、どこか足らざるところにとらわれ、クライドが何よりも欲した同情のこもった理解を示すことができないからだ、とドライサーは示唆している。母も師もそのために皮肉にも、みずからが最も重んじるつもりだった子弟との霊的つながりをもつにいたらなかったと覚って深く悔やむことになる。当然の成りゆきである。これが、キリスト教の熱烈な信者、なかでもその信仰に忠実に生きようとしている真摯きわまる者に対して、並みならぬ関心を寄せていたドライサーのくだす、やむにやまれぬ批判の表現なのであろう。

三　人工妊娠中絶禁止の悲劇

『アメリカの悲劇』には、女性が望まぬ妊娠をしたために苦しむいきさつが二度描かれている。第一部では、旅芸人に誘惑されて妊娠させられたあげく棄てられた、クライドの姉エスタの話が含まれ、第二部では、クライドに棄てられそうだと気づいたロバータがあいにく妊娠していることにも気づいて、何とか堕胎しようとする彼女の苦労が後半の物語の軸をなしている。

このように類似した仕組みの筋を同一の作品のなかで繰り返すのは、ドライサー特有の物語構成法の一特徴であり、『アメリカの悲劇』でもこの技法はあちこちで頻繁に用いられて、そのような一種の繰り返しのために作品全体が長くなる。この技法についてわたしは前著『ドライサーを読み返せ』で、ベルトルト・ブレヒトの詩篇を論じたバーバラ・フォーレイの炯眼になかばもたれかかりながら用語を借用して、このような繰り返しはブレヒトのみならずドライサーも多用した「差異を伴う反復」であり、「弁証法的な矛盾や転倒を描き極めるための有機的形式」であると論じたのであった（255）。

第一部におけるクライドは、妊娠して棄てられた姉に同情し、誘惑して棄てていった相手の男の卑劣さに憤慨するものの、結局それを姉や母の抱えた困難と見るだけで、自分にも及ぶ問題として深刻に受けとめるにいたらない。ところが第二部では、クライド自身が（職場におけるそれぞれの地位を考えれば、セクハラであるのみならずパワハラの疑いもある）みずからの行為により、ロバータを姉と似た境遇に追いこんで姉の苦境を反復させてしまうことで、みずからの卑劣さを思い知らされることになるわけで、望まぬ妊娠が女性をいかに苦しめるか、自己の責任を含めて、あらためて真っ向から考えなければならない立場に陥るのである。

妊娠中絶禁止狙いの検閲、弾圧

キリスト教福音伝道主義にどっぷり浸かっているクライドの母や姉が、姉自身の妊娠に伴う苦境の打開策として中絶を思いつきもしないのは当然の成りゆきであろう。その代わりに彼女たちが見出した解決法は、エスタの私生児ラッセルを、「養子として引き取った孤児だった」（713）ということにして祖父母が育てるというやり方であり、今日妊娠中絶法反対派「プロライフ」が進める、望まれぬ妊娠から生まれた子のために養子縁組先を探してやることで妊婦・胎児ともに救おうとする運動を先取りしたようなものだ。

他方ロバータは、やはりクライドの母や姉と似たような信仰のもとで生まれ育ったと思われるのに、驚嘆すべきことに、せっぱ詰まった果てにではあれ、みずからを救うために人工妊娠中絶の処置を受けようと決意する。だが、人工妊娠中絶を禁止する法や社会制度にぶちあたるだけに終わり、苦境脱出の可能性すら見出せない。そうではあっても、このときの絶望的な状況のなかで何とか打開の途を開こうとするロバータの果敢さは、クライドの無為無策、卑怯な責任逃れとは好対照であり、性交渉から生じた不都合を尻ぬぐいする責めは女性に背負わせようという、当時はびこっていたジェンダー・ギャップのまがまがしさを、一点の曇りもなく白日の下にさらすのである。このいきさつの詳細な描写には、二十世紀前半の米国社会で、妊娠中絶は言うに及ばず、産児制限も、避妊も、いっさいの性教育も、猥褻として禁じる偽善的な性道徳に対して果敢にたたかったフェミニストたちに、ドライサーの寄せた同情、共感が見てとれる。

法的な訴追はフェミニストたちに降りかかったのみならず、文学作品にも及んだ。ドライサーの自伝的小説とされる『天才と呼ばれた男』（一九一五年）は、ニューヨーク悪徳撲滅協会会長ジョン・サクストン・サムナーによる検閲に引っかかり、猥褻の廉で発禁処分を受けた。これはサムナーが取り組んだ禁書運動のもっとも早い例にあたるが、ドライサーがメンケンの助力を得ながらも国内外の有力作家たちから支持署名を集め、空前絶後の原作者による発禁処置反対運動を展開したにもかかわらず、第一次大戦への参戦準備を進める米国内における言論封殺の情勢のもとでこの運動は敗北した。この小説はリベラルな出版社を興したホレス・リヴライトによって一九二三年に強引に再刊されたものの、それまで販売や郵送を禁じる法の網の目を潜って流通するほかなかったのである。

文学作品を猥褻の名のもとに禁書にする検閲制度は、『天才と呼ばれた男』発禁を足がかりにして長年存続し、『アメリカの悲劇』が刊行されたときになっても、この小説が一九二七年にボストンで禁書にされたことに見られるように、保守反動派による言論弾圧の勢いは衰えていなかった。D・H・ロレンスの『チャタレイ夫人の愛人』（一九二八年）が米国で出版されるためには、問題箇所の大幅な削除が強いられたし、ジョイスの『ユリシーズ』は、一九二〇年の雑誌掲載の段階から禁書にされ、一九三四年まで米国での出版が認められなかったが、それらの検閲事件は、ドライサーが猥褻文書公判の廉で何度も訴追され、裁判でたたかったという歴史的事実に先行されていたのである。

『アメリカの悲劇』のなかでジェンダー・ギャップに対する女性からの抗議は、男女関係を損得勘定でしか捉えられず、性の物象化に完全にとらわれているフラッパー、ホーテンス・ブリッグズによって発せられるという、意外な取り合わせに具されつつ、小説第一部で早くもきっぱり明言される。クライドが思いを達しようとあせって抱きつき、「ホーテンスに腕をまわしてきつく抱きしめると同時に、その乳房をまさぐり、相手の唇に自分の唇を押し当てて、愛撫しようとした」とき、その抱擁をふりほどき、「あたしがしたいと思ってもいないことを、ここでこの人に無理強いされて、とにかくやらせてあげなければならないのかしら、と疑問に思った」(151) ホーテンスは、男女がたがいに好きだからといって、「あなたがあたしを古くさいやり方で扱っていいなんてことにはならないのよ」(153) と啖呵を切ってみせる。

そんなホーテンスは、確かに、小説のなかでフラッパーとしてのソンドラを前触れし、クライドにとって性欲のはけ口としてのロバータを予兆していても、クライドを啓発して女性の人権や尊厳に気づかせるには至らない。しかし、性的に利用され、妊娠させられ、棄てられようとしているロバータさえも、当然のことにせっぱ詰まると抗議の言葉を吐くにせよ、クライドに思い直させるまでの迫力を獲得できないことに変わりはない。そんなクライドに対してホーテンスは、他にもいくつかの場面で、ロバータもソンドラも口にしそうもないフェミニスト張りのセリフを吐き、ロマンチックな恋愛妄想に潜んでいる男性優位の欺瞞性を暴いて、資本主義社会では脱却不可能な性搾取や性差別の実態を弾劾する。そんなアイロニーにみちた小説的布置は、アメリカ社会における性道徳を批判しようとしたドライサーの独創である。

女性解放の立場からは、とりわけ中絶禁止法が米国社会の宿痾とみなされ、十九世紀末以降長年激しく争われてきた性道徳上の難題である。中絶を合法化する最高裁判決（ロー判決）が、『アメリカの悲劇』刊行後五十年近く経った一九七三年にようやく出たが、最近二〇二二年にそれが覆されて五十年もの時間が後戻りさせられ、またもや中絶が一部の州で法的に禁止されて、今日ふたたび政治問題化している。それが米国社会の現実である。その意味での今日性を近年ふたたび回復した『アメリカの悲劇』は、第一次世界大戦後米国の若者文化における性道徳の乱れが問題化した時代に、性風俗の弛緩を描くにとどまったいわゆるロスト・ジェネレーションの作家たちとは一線を画し、かねてから福音派やカトリックなどキリスト教保守派による抑圧的な性道徳を目の敵にしていたドライサーが、中絶禁止法批判を明確にするのにここを先途と奮い立ってものした産物でもあったのである。

フェミニスト運動家エルシー・メアリー・ヒル

このことを別の角度から肯《うけが》って見せたのは、先にあげた懸賞論文の著者レヴィットである。論文の紹介者ガーバーが指摘しているように（219-20）、レヴィットが一九二一年に結婚した相手エルシー・メアリー・ヒルは、著名なフェミニスト運動家であり、女性参政権運動で活躍したのち、さらに男女平等憲法修正（E・R・A）運動創始者グループの一人になった女性だったから、レヴィットの論文にフェミニズムの観点が色濃く出たのは妻の影響によると見られる。

レヴィットが論じるには、「国家［米国では州］が思春期の子どもたちにきちんとした性教育を施していない」から、性の問題が堕落した形で受けとめられることになり、「国家が性を堕落させている」（234）。なぜそうなるかと言えば、「正統派神学はパウロとアウグスティヌスの見方を採用し、組織化された社会はこの見方を是認してきたからだ」（235）。ところが、パウロは「東洋出身者」であって「性に関してはハーレム中心の見方に立っていた」（234）し、アウグスティヌスは「矯正したとはいえ道楽者だったローマ人」であり、「あらゆる性的経験や倒錯を経験しつくしてきた」ので、「性に関するパウロのゆがんだ見方」（235）を鵜呑みにしたのも不思議でないと見られる。もともとイエスの宗教とキリスト教の神学との間には「大きな懸隔」が横たわっており、「イエスは霊的聖性を帯びたものとして性の問題を扱っているのに対して、パウロとアウグスティヌスは肉体的堕落をもたらすものという視点からこの問題を扱っている」(234)。それゆえに、「国家はパウロやアウグスティヌスを学校から追放し、その代わりにイエスを据えるべきだ」(235-36)と提言される。したがって、イエスの視点からすれば、「あらゆる人間的衝動のなかでも最もあわれみ深く懇切で純粋な」行為である性交渉は「清浄で理にかなった仕方」(234)で扱われるべきなのに、米国社会では、そのために必要な、若者たちへの手ほどきたるべき産児制限や避妊法や妊娠中絶が、キリスト教神学に牛耳られた公教育から排除されていて、性が穢らわしいものと見なされている。この現状に照らすならば、それが改善されない限り「ロバータやクライドを死なせた罪は国家が負わねばならない」(240)と言うのである。

色欲、金銭欲、名声欲、権力欲を「夢」などという言葉でオブラートに包んで、平凡な若者たちに売り込もうとする資本主義社会の米国。それにあやかろうとする今日の日本でも、若者は「夢」を持て、そしていつまでもあきらめるな、などと、欲望の飽くなき追求を推奨する口舌が大手を振るっている。「夢」は持ちつづければいつか叶うなどという虚言をふりまき、ナルシスを生み育てることに熱心なのは、体制の安泰を図ろうとしての策謀か。何しろナルシスはヒーローたりえない。そんなことの判別もつけられない言葉にあおられて非行を犯す若者に、ドライサーは同情し、エッセイ「アメリカの悲劇の実物を見つけた」では、「夢」に取りつかれてその害悪の被害者に貶められた若者が裁かれる事態を咎め立てて「幾分はアメリカに責めを負わせてやりたい」(7)と書いた。稀代のフェミニストである妻から啓発されたレヴィットの主張は、そんなドライサーの思いにピッタリ寄り添っているではないか。

にもかかわらず、ドライサーがレヴィットの受賞論文について何らかの感想を述べた形跡はどこにも見当たらない。クリーニング店の書き付けの類まで含まれているという、きわめて網羅的な遺贈資料コレクションであるペンシルヴェニア大学図書館所蔵ドライサー・ペーパーズにも、レヴィット論文の謄写版刷り冊子は含まれていない。それはドライサーに届けられもせず、読まれてもいなかったのではないだろうか。懸賞論文募集のキャンペーンが出版社によってあまりにも杜撰に扱われたために、おそらく、当選した論文の写しを、キャンペーンで売り込もうとしている当の作品の原著者に届けることすらなされずじまいになったのであろう。それがドライサーに届いていたら、筆まめなドライサーはどこかでそれに触れる何らかのコメントなり、作品にこめた中絶禁止法批判を読みとってくれたことに対する謝辞なりを、書き遺していたはずなのに、そのような言及はどこにも見出せないのである。

四　リンチ、さもなければ陪審制か

『アメリカの悲劇』創作を動機づけた問題意識の少なくともその一部は、米国社会に瀰漫《びまん》するリンチ衝動に対するドライサーの批判に根ざしている。この点については、拙著『ドライサーを読み返せ』の第五篇ですでに一往明らかにすることができた。一九〇〇年にはじめて連邦議会に提案された反リンチ法は、つい先頃二〇二二年まで百年以上にわたって否決され続け、リンチの慣行がいかに根深く米国民に染みついていたかを浮き彫りにしてきた。作家歴の早い段階からこの問題を注視していたドライサーが、この小説中でリンチに対する懸念や不安を描いているのは、二度や三度にとどまらない。

潜在するリンチ衝動

ロバータの父親タイタスは、娘の死を知らされてすっかり打ちのめされ、気力もなくしていたのに、娘が誘惑されて殺されたという心証を得ると、たちまち「みずからのうちに潜んでいた動物的本能も、詮索癖や怨恨や追跡熱もかき立てられ、（中略）主として宗教や因習によってかき立てられて地方に蔓延している、女たらしに対する敵意」に駆られて、「こんないやらしい犯罪を企むことのできたやつに復讐してやりたいという、強烈にして抑えがたい欲望」(588)に燃えあがったおかげで元気づく。また、地方検事メイソンも「この父親の打ちのめされながらも復讐に燃える心情に呑まれて」、「金持ちの連中全体に対する怒りにみちた社会的義憤に駆られ、この件にまつわる政治的な利用価値など忘れてしまいそうになる」(593)。つまり二人とも、この地方住民に共有されている、セックスに関わる犯罪者と見ればリンチに乗り出すという、都会の金持ちに対するルサンチマンじみた性向に取りつかれていたことが明らかである。

田舎の民衆の間にリンチに走りやすい潜勢がいかにしぶとくわだかまっているかということは、クライドにもじゅうぶん理解されている。ビッグビターン湖から徒歩で逃げ出してきた森のなかの夜道でクライドは、ロバータの溺死が早くも露見して、すでに自分がその殺害犯として「人狩り」の標的にされているのではないか——「公正な裁判も受けられないうちにリンチされるなんてことも。ありうることだ。これまでにもあったし。おれの首に縄がかけられる。さもなきゃ、この森のなかで撃ち殺されるかもしれない」(605)と恐れはじめている。官憲に大して手間もかけずに逮捕され、拘置所に連行されてきた夜中、すでに噂を聞きつけて集まってきた五百人ほどのリンチモブめいた群衆に迎えられたときは、「ウヘッ、こいつらはおれがほんとうにあの子を殺したと思ってるんだ！　それでおれをリンチにさえかけるかもしれないってわけか！」(654)と震えあがる。リンチされる危険にたえずさらされていることが意識されているのである。

裁判が始まってもこの危機感は薄らぐことはない。拘置所から裁判所へ護送される被告を一目見ようと、裁判所を取り囲むように集まってきた住民たちは、つぎのように描き出される。

ずっしりしたアライグマの毛皮でできたコートやキャップを身につけ、毛むくじゃらの頬髭をたくわえた男たち。この地方の百姓たちの大方がまとっている、着古して色あせ、何とも言いようのないお定まりの衣服を着た者たちや、その連れの妻子たちが、そろって不思議そうに好奇の目を光らせて見つめている顔々――そのために少なからず不安を感じる。あたかもいつ何時、拳銃の弾が飛んでくるか、誰かがナイフをもって飛びかかってくるか、わからないような雰囲気である――保安官代理たちが拳銃に手をかけていることも、そう感じることの現実味を少なからず裏づけている。(726-27)

公判のさなかにも、「奥行きの深い法廷の後ろのほうから、深い静寂に先導され、かつそれを際立たせ、その後の静寂を呼び戻すかのように、『そんなろくでもねえ野郎は、とっとと殺して片づけてしまえばいいんだ』という、復讐心に燃えていきり立った木こりの叫ぶ重々しい声が響きわたった」(828)のだから、法廷内でリンチを呼びかける者さえあらわれるわけである。休廷になる都度、傍聴人らの退廷を禁じるために、クライドが「道路を隔てた監房に収容されるまではすべてのドアががっちり施錠されて法廷封鎖されている」(840-41)場面は何度も描かれるが、そんな措置がとられるのも、被告が法廷から拘置所へ戻される途中の隙を狙ったリンチモブに捕まえられ、連れ去られる事件が頻発していたからだ。

さらに陪審員さえもリンチの脅威にさらされていると描かれる。というのは、クライドを裁く陪審員団内の非公開審議状況が、つぎのように説明されているからだ。

「クライドの弁護を担当する」ベルナップとジェフソンに同調しているのは、全十二名のうちたった一人——ドラッグストア店主サミュエル・アパム——(メイソンと反対側の政党を支持し、ジェフソンの人柄に惹かれていた人物)——だけしかいない。そのためにこの人物は、メイソンの出してきている証拠に不足がないか疑問だという態度をとり続けていたが、評決のための投票が五回もやり直されたすえに、不一致陪審で答申不能などということになったらこのいきさつが暴露され、自説を固執した者にはきっと市民の憤りや誹謗が向けられることになるぞ、と脅されるにいたる。「今に目にもの見せてやるぞ。こん

なことをまんまとやり通しておいて、おまえがどういう態度をとったか世間に知られずにはすまんからな」(845)

そのためにアパムも疑念にこだわり続けるわけにいかず、有罪の評決に賛成することになるのだが、これでは、独自の見解を有するがために全員一致に従えない者は、大勢に逆らうはみ出し者としてリンチされても仕方がないと言うに等しいではないか。

このようなプレッシャーは、民衆にそなわる潜勢的権力の一形態と言えないこともない。何事も「お上」の判断に委ねることに慣らされてきた日本では考えにくいかもしれないが、民主主義といえども統治や支配の一つのあらわれ方である以上、そこに実力ないし権力が働かないわけはない。したがって陪審制にも、リンチに奥深くでつながる民主主義的権力ないし暴力が潜んでいる。

この点を法学者らしく論じてあっけらかんとしているのは、レヴィットである。法理から見てクライドに対する死刑判決は不当であると明言している一方で、レヴィットはつぎのようにも論じているのである。

陪審員団が知らされた事実に即して考えるならば、この処刑は法にかなない、正当と見なされる。本論文は、陪審制裁判の価値や欠陥を論じる場ではない。ただここで述べておきたいのは、人間同士の諍いを解決するためにも、犯罪で告訴されている者が有罪か無罪かを決めるためにも、陪審制裁判こそ、組織された社会によってこれまで考案されてきたなかで最良の仕組みである、というわたしの信念だけである。欠陥はある。誤審が生じることもある。しかし、陪審制裁判の利点は、その欠陥を補って勝る。完璧な裁判制度が見つからないうちは、陪審制裁判は人間社会の制度として望みうるかぎり最良なのである。(240)

つまり、「陪審員団が知らされた事実」には、カメラにロバータの毛髪を巻きつけるなどといった捏造された証拠をはじめとして、いくつもの事実と異なる説明が含まれているからには、クライドを裁いた陪審は「誤審」だったことになるとしても、それは陪審制裁判という民主主義的なシステムに不可避的に伴う誤差かバグのようなものと見なされて、許容されなければならないというわけである。

だが、陪審制にしてもリンチの慣行にしても、二十世紀米国では社会の宿痾になりはてているというのが、ドライサーが作家活動を通じてたゆみなく追及してきた一つの問題であった。ドライサーも、そこにかつてはマグナカルタに由来するような、権力濫用に対する抑止力がこめられていたとレヴィットが論じていた点を認めることに吝かでないにしても、その抑止力は、陪審制やリンチを担う人民自身の民主的自覚に負っていることに強くこだわっていた。つまり、制度がもともといくら民主的であっても、肝心の民自身が堕落していては、制度は堕落した民の実像をまさに民主的に映し出すだけのことで、非民主的な大衆の自業自得に帰結するほかなくなるではないか、と。

衆庶群民の質

ところがアメリカの国民は、権力濫用に対する抑止力を発揮できるような民主的統治力をすっかり失っている。ドライサーはそんな実態に苛立ち、民主主義を標榜する者としては言いにくいはずのことをずばりと言ってのける。米国の急激な発展や資本主義が国民の連帯や団結を打ち壊し、民主国家の主人公に似つかわしい進取の気性はおろか品位にも節度にも欠けた衆民を生み出して、国民各人の自尊心を失わせたのではないかという心配にはまっているのである。たとえば彼の雑文集『ヘイ、ラバダブダブ』所収のエッセイ「民主主義の増進か、あるいは縮減か――愚考」における所論によれば、米国の民衆は、資本主義のもとで貧富の差が拡大する一方の趨勢に流されるまま、大衆消費社会の振りまく幻想に誑かされて衰弱し、「誰もがボスになりたがり、お偉く、非民主的で、個人的な成功を遂げた人間になりたがる」(237)ために、「アメリカ人民の徹底的に非民主的な性格」(236)を刷り込まれてしまっているというのである。

そんなふうに人民を貶《さげす》む言辞は、どれほど高い見識を有する者としての自負にもとづいて吐かれているのか、気懸かりではあるものの、民衆がほんとうにそのような「非民主的な性格」に染まっているとすれば、民衆が従事する陪審やリンチは、ファシズムにも似た支配権力のお先棒担ぎにしかならない。それが極まると、陪審制とリンチの慣行は一体化して「合法的リンチ」となり、異分子ないし除け者が、陪審の裁可を得た上で、あるいは近年のBLM運動が明らかにしたように、「法の触手や腹足(underlaw)」としての官憲による過剰捜査を通じて、体よく排除、始末されることになる。

以上述べたように、『アメリカの悲劇』は、民主主義国家における裁判制度に信服する法曹の、あるいは国民自身の通念に反し、その条理を逆なでするような見方の延長上で、非民主的な民衆が狂奔する社会における「合法的リンチ」の被害者としてクライドを描いた小説である、とも言えるのではないだろうか。

第二章

文体論

『アメリカの悲劇』は確かに、ある水準でたどっていけば読者にとってごく近づきやすい文体で綴られており、ジャーナリズムにおけるゴシップ記事の文体、実話雑誌記事の文体を引き継いでいる。だからこそこの小説はベストセラーとなり、ドライサーにとって出版業界に潜む成功の鉱脈をはじめて掘り当てる結果に行きつくことができたのであろう。それは、やがて日本で石川達三や松本清張、山崎豊子の社会派小説に比される風合いを帯びていたとも見なされうる。おかげでドライサーの文学がこれまで縁のなかった読者にも届くようになり、彼の作家としての地位もようやく確立されたのだが、その作風は俗っぽい興味関心に流れやすい大衆に受けがいいと解されかねなかった。他方この小説の文章には、そういう水準に応じて読もうとすれば夾雑物、雑音としか思えないような、尋常でない前衛的な要素も数多く含まれている。そのためにドライサーの文章は、滑らかさや洗練に欠けた反芸術的なものだと見なされて、一部の有力な批評家から渋面で迎えられ、顰蹙を買った。

　しかし、別の地平に立ってこの文章を読んでいくなら、異質な要素が混在しているところにこそドライサーの文体模索の軌跡が認められるのではないか。第一次世界大戦後、かつての西欧的な文化秩序が崩壊して、芸術や文学に以前は見られなかったような目新しい実験的手法が、伝統的な美文観に代わり表現の必要に応じた修辞を求めて、雨後の筍のように世にあらわれるようになっているなかで、ドライサーもそれなりに独創を凝らした。にもかかわらず、米国の批評界は大戦後の愛国精神にとらわれ、新興の自国文学が世界の文学をリードしていくという展望にしがみつくあまり、かねてから米国文化を手ひどく批判してきたドライサーへの怨みを晴らそうとしてか、ドライサーは大戦前の時代に属する古い作家にすぎないと決めつけて、大戦後の前衛性がこの作家にもあらわれていたのかもしれないという可能性を一顧だにしなかった。それとは対照的に同時代英国の批評界は、米国の愛国精神などにかかずらう義務などいささかもなかったから、ドライサーをモダニストと見なし、そういう見方を、当然視したためかあまりくわしく検討することもなく、大した抵抗も示さずに通用させてきたのではないか。

米国や日本におけるこれまでの批評研究では等閑視されてきた、ドライサーの文体上の創意工夫やその芸術的効果の観点から『アメリカの悲劇』を吟味検討してみたら、いったい何が見えてくるか。本章では、前著『ドライサーを読み返せ』第二篇で『シスター・キャリー』を中心にドライサーの語りの文体（様式）について論じた私見を踏まえつつ、『アメリカの悲劇』で新たに見えてくる文体的特徴について述べてみたい。

なお、この問題についてては、かつてのドライサー論には見られなかった新たな視角を指し示してくれている二つの論文、中島好伸「クライドの発話行為と自由間接話法の関係」、および小古間甚一「『アメリカの悲劇』における法的言説と権力」も参照してもらいたい。本章でわたしが述べるこの小説の文体的特徴を、別の角度から明らかにしてくれているからである。

一　ドライサー流自由間接話法の繁茂

『アメリカの悲劇』の文体は、二十五年前に出版した処女作『シスター・キャリー』における文体のドライサー的特徴を、その後の実作経験を踏まえてさらに数段目立たせ、作品のなかにより広く行きわたらせた結果を見せている。なかでも、独特な自由間接話法の頻出やその縦横な使いこなし方にかけては、『シスター・キャリー』から長足の進歩を遂げたことが明らかである。しかしそのことが多くの批評家や翻訳者たちにどれほど理解され、その表現としての効果がどれほど評価されているのか、わたしにはどうもはっきり見定められないのである。

かつてわたしが若かった頃、名のあるアメリカ文学者がドライサーの文章について、「自然主義文学らしく客観的描写の連続で、筋はいっさいの偶然性を排してある」などと、得々として解説する論を展開しているのを目にし、若僧だったわたしすら、学者でも見当違いな読み方をするものだなあ、とあきれてしまったことがある。この学者には、ドライサーの小説世界が客観描写で埋めつくされているどころか、自由間接話法であらわされた登場人物の主観にほぼ塗り込められていることが読みとれていなかったらしい。

話法（narration）は、語り手（発話者）が登場人物の言葉を伝えるための仕組みであり、主体（話者）と客体（発話内容）との区別に厳格な西洋諸語では、文法的に形式化されてきた。直接話法、間接話法の区別が基本的であるが、日本語では間接話法の文法があまり発達していない。またそのほかに、戯曲形式のような自由直接話法、および、十九世紀小説で多用され精緻化されてきた自由間接話法がある。自由間接話法は、物語の語りを担う地の文と登場人物の思いを担う言葉であるセリフとの区別が曖昧になり、語り手と人物との渾然一体化を現出して、語り手の人物に対する感情移入を暗示し、物語に対する語り手の独占的支配力を多少とも殺ぐ効果を発揮してきた。

自由間接話法の訳し方

たとえば、『アメリカの悲劇』のなかで自由間接話法の表現が最初にあらわれていると思われる箇所は、小説の冒頭三ページ目でクライドの内面が語りだされるくだり（5-6）の一節であるが、そのなかの“Plainly there was something wrong somewhere”（6）という一文は、明らかに登場人物クライドの言葉を自由間接話法で表現した箇所であり、時制こそ地の文みたいに過去形になっているけれども、物語の語り手の言葉ではないと見なされる。これを語り手による客観的真実性を帯びた裁断とは受けとらず、登場人物の個人的偏向に彩られた発話であると受けとめるのは、一に解釈にかかっている。この箇所の解釈は文章の勢いが顕著だから、たとえば翻訳者の間で基本的な食い違いが生じたりはしない。橋本訳は「明らかにどこかに間違いがあるのだ」（一-7）となっており、橋本訳に追随することが多い宮本訳でも「明らかに、どこかに間違いがある」（7）となっていて、クライドの思いを自由間接話法であらわした表現として訳している。他方、大久保訳では「これは、彼には、どう考えても間違っているとしか思えなかった」（上-11）と間接話法に変えて、語り手の言葉である伝達部（reporting clause）を補ってある。ここでわたしは誤訳ハンターの真似をしようというのではないから、各翻訳についていちいち細かく指摘するのは控えるけれども、このような細部の表現の違いが作品全体の印象を大きく変えてしまうのではないかと懸念する。

英語の自由間接話法を日本語で表現するのは、厳密に言うと文法的には不可能であるが、自由間接話法の「自由」とは、登場人物の言葉が被伝達部（reported clause）としてあらわされながら伝達部が省略されることによって、その言葉の発話主を指示する拘束から自由になっているという意味だから、日本語訳文においてもせめて伝達部をあらわさずに被伝達部だけを訳出することによって、登場人物の言葉をあらわす直接話法に近づきすぎることになるとしても、地の文の語り手が登場人物に近づいていく感じを表現できると期待したい。じっさいこのパラグラフは、全体として自由間接話法と語り手による物語の地の文とが自在に交替しながら表現されており、語り手による叙述というよりはクライドの主観的な受けとめ方をあらわす気配が濃いと解釈すべきである。それを日本語の訳文で伝えるのは至難の業になるとはいえ、せめて原文にはない伝達部を安易に補ったりせずに、語り手が登場人物になりかわってその心理をあらわそうとするこの文章の精妙さを伝えたいものである。

しかし、『アメリカの悲劇』にはこの種の自由間接話法が繁茂しており、つぎつぎにあらわれるこの種の表現が既訳ではどのように処理されているのか、新訳を手がける者としては気になって仕方がなかった。率直に言わせてもらえるなら総じてどの訳も、この小説のいたる箇所に見られる自由間接話法を日本語として表現するための、積極的な工夫をする努力に乏しいのではないだろうか。日本語は構文の成り立ちを律する規則が英語よりもゆるやかであり、『源氏物語』の古《いにしえ》より、もともと主客の区別も不分明で主情的な語りのなかで、自由間接話法が多用されてきたという説もあるくらいだから、その日本語でなら、もう少し工夫のしようもあるのでないか。ついでに言えば各既訳は、思いがけないところで原文の一部、ときには一段落全体がすっぽり欠落した形で訳されている。それが翻訳作業に生じがちな遺漏脱落の結果なのか、それとも意図的な省略の結果なのか、判断がつきかねるが、とくに大久保訳では、書物の総ページ数削減を図るためになされていると見るほかないような省略が、後半になるにつれて頻出し、そのために文意不明な箇所さえできている。

拙訳『アメリカの悲劇』では、原文の訳出にあたり、何も足さない、何も引かないをモットーにし、とりわけ話法表現における原文にない伝達部を補足したりすることは控えるように心がけた。わたしが不安を覚えるのは、ドライサー独自の自由間接話法が一般にどれほど正確に読みとられているかということで、何も翻訳だけが気になるのではない。アメリカ人批評家、研究者でさえ、英語のネイティヴスピーカーであるのに、否、そうであるがゆえに、つい走り読みしてしまうためか、話法の精妙さをきちんと受けとめることにかけては心許ない、とも思えるのである。それを示す実例は、網羅的、具体的には本書第三章の本文批評で明らかにするが、ここでは顕著な例を一つだけ示しておきたい。

それは第三部第三十三章冒頭のパラグラフのなかの一節である。拙訳ではつぎのように訳したくだり。

どうだい！　神の安らぎがきみの手の届くところにあり、求めさえすればすぐ手に入るじゃないか。神を求めているだけでなく、求めさえすれば確実に神を見出せる者にとって、悲しみなどはありえず、悦びしかない。「神、御霊を賜《たま》いしに因りて、我ら神に居り、神われらに居たまふことを知る」(909)

原文ではこのくだり全体が引用符によって括られている。この直前にマクミラン師には「少なからず効果をあげてきたと見えていた」という一文があり、このくだりが師の言葉であると指示する伝達部の役割を果たしているようにも見えるが、このセリフ自体にはそれが誰のものかを明示する伝達部が欠けているので、やはり発話主を指示する拘束から自由になっているという意味で、自由直接話法と呼ぶべき表現に見えてくる。

しかし、引用符で括られていて直接話法みたいに見えるこのくだりのなかで、述語動詞は過去形になっているし、直接話法であれば"you"となるべき人称代名詞がここでは"he"となっていて、話法の文法からすれば直示性がちぐはぐである。むしろ、このくだりの語法が自由間接話法に従っていることは明らかではないか。それなのに、わたしが点検した原書の四つの版いずれも、このくだりを引用符で囲む直接話法の形にしてあり、初版以来引き継がれてきたこの箇所の誤植に気づいた編集者は一人もいなかったらしい。四つの版はさまざまな箇所で相互に異なる本文を採択し、それぞれの本文批評に従った校訂により本文の異同を出来《しゅったい》させているのだが、これほど明白な齟齬をきたしているこの箇所に関してはいずれの版も一致して、引用符を削除するという簡単な校訂すらしそこねているので、本文をどれほど綿密に読んだのか、首をひねりたくなるのである。

今、自由直接話法に言及したので、ここでついでに触れておくが、この小説は、自由間接話法のみならず自由直接話法を頻出させることによっても、文体上の刷新を遂げている。とりわけそれが目立つのは、クライドがロバータ殺害を思いついてから精神的に錯乱し、分裂した自我の奥底から飛び出してきた霊鬼がクライドに語りかける場面、及び、もともと劇場的空間である法廷内での検事や弁護士、被告のやりとりの場面である。自由直接話法は、登場人物のセリフが伝達部を伴わないまま、引用符に括られた形であらわされ、セリフが並べられる戯曲の形に近い。だが、戯曲ではセリフの前に話者が指定されるので、それさえ欠いている小説中の自由直接話法は、誰が発話者なのかわかりにくくなる恐れもある。

たとえば、第三部第七章でソンドラが接岸前にモーターボートから波止場に飛び移って、身体能力に秀でたところを見せびらかそうとしたのに対抗して、クライドも敏捷さをちょっとひけらかそうとした場面で、「やばい！　なかなかいい運動神経してるじゃん！」(616) というセリフが伝達部なしにあらわれるが、これなどはいったいソンドラの言葉なのか、それともクライドの言葉なのか、解釈に迷う例である。拙訳ではどちらのセリフともつかぬ言葉遣いにしておいたが、じっさい橋本＝宮本訳と大久保訳とでは、この箇所の話者について反対の解釈になっている。しかしじつは、自由直接話法があらわれる箇所ではたいていの場合、話者が誰であるのか、おのずから明らかであって、注目に値することには、それらが演劇的ミメーシスの効果をじゅうぶんに収めているのである。

自由話法は、間接話法であれ直接話法であれ、発話者不明にすることによって当該箇所が誰の言葉なのかをいちいち解釈するように読者に迫る仕組みである。もともとこの用語自体がフランス系文体論に由来していて、英文法書ではどれを見てもきわめて不十分な扱いしか受けていないことからも推定できるように、伝達部の欠如という文法形式の要件よりも、文脈や意味内容や語彙のレベルを手がかりに修辞学的に解釈しなければならないから、文法のみによっては解決しえない問題に包まれている。読者は、とりわけ自由間接話法の解釈にあたって、発話行為依存的直示性（deixis）の流動性などを手がかりに、当該箇所の実質的な発話者が地の文の語り手から登場人物に変わったことを突きとめ、語り手によって語られる小説の地の文たるディエゲーシスが、形式上ディエゲーシスとしての見かけを変えぬまま、実質的には登場人物のミメーシスにすり替わる様相を把握しなければならない。西洋の言葉にしみついている客観と主観の境界をぼかすこの仕組みが理解されてこそ、そこで語り手と登場人物との対話がおこなわれており、語り手がみずからのディエゲーシスに登場人物の言葉をこっそり取り込むことによって、多少とも登場人物に近づこう、あるいはあわよくばなりかわろうとさえしていると看取できるようになる。

バフチン流「ポリフォニー小説」

ここには、バフチンによって分析された「散文の言説の型」のなかでも、「ポリフォニー小説」の「対話法的（dialogic）」（18）文体の基礎をなすものとして最も重視された、「他者の言説を志向する言説（複旋律性の言説）」（199）があらわれている。すなわち、「資本主義の条件のもとで生じる、人間や人間関係、およびあらゆる人間的価値を**物象化**する動向に立ち向かうたたかい」（62）としての対話法的文体において、物語の語り手＝作者は「登場人物に対する対話法的関係」を築くために、「主人公の独立性、内的自由、完結不能性、不確定性」を無条件に受け入れて、「作者が登場人物**について**語るのではなく、登場人物**を相手として**語る」（63）ありさまを呈するのである。『アメリカの悲劇』の語り手は、たとえばクライドの凡庸さ、情けなさを辛辣に裁断する一方で、ときどき自由間接話法を通じてその当人の思いを伝えながら寄り添い、ひそかに登場人物と対話を重ねてもいて、作品の最後のほうではクライドへの同情を窺わせるにいたる。

ただし、ドライサーの小説における自由間接話法を担う話者の多くは、言語表現能力《インナーティキュレート》に乏しい人物であるために、内心の思いや外部観察の描写を伝えることに耐えるだけの語彙に不足しているので、語り手＝作者がその人物を代弁してやらなければならなくなる。「自由」であろうとなかろうと間接話法と言うからには、被伝達部が発話者である登場人物の言葉遣いをも伝えるはずなので、語り手が代弁に用いた言葉遣いを伝える表現は自由間接話法と呼べるのかどうか、疑問が残るかもしれないが、それはやっぱり独特な自由間接話法であるとしか言えない。そのために生じる自由間接話法としての不安定さは、著者ドライサーにじゅうぶん認識されていた。

たとえば、グリーンデヴィッドソンにクライドを採用しようとするボーイ長スクワイアズの言葉が自由間接話法であらわされる箇所では、「スクワイアズさんは、このホテルの規律が厳格であるということの説明に及んだ。ボーイたちのなかには、ここで目にする光景や虚飾、なじみのない過度の奢侈《しゃし》に接するために——スクワイアズさんがこんな言葉を使って話したわけではないけれど——分別を忘れて過ちを犯すようになる者が何人もいる」（37）云々と書かれている。このなかで「説明に及んだ」は伝達部であるが、そのあとに続くいくつかの文は伝達部を欠いた間接話法であらわされている。だが、ダッシュで挟まれて挿入されている部分「——スクワイアズさんがこんな言葉を使って話したわけではないけれど——」は、被伝達部がスクワイアズの言葉そのままではなく、語り手によって補足ないし代弁された言葉であると明記していることになる。

このような、自由間接話法における登場人物の言葉に語り手が及ぼす干渉を、気にしすぎではないかと思えるほど弁解している箇所は、この例にとどまらず作中に何度かあらわれる。もう一つだけ例をあげれば、ロバータを誘惑しようとするときにクライドの覚えた葛藤が自由間接話法であらわされたあと、「クライドはこんなふうにはっきりと自分の内奥の気持ちを心のなかで言いあらわしたわけではなかったが、そのおおよその趣旨は以上のようなものだった」(340)という、登場人物を代弁しすぎていることに対する語り手の弁解が出てくる。このような箇所は、著者自身がこの手法を既成の枠にとらわれずに拡張して用いていると、臆しつつも自覚していることを窺わせているのである。

のみならず、弁解さえしておけばあとはこっちのものとばかりに、自由間接話法の扱いがいっそう自由度を増していき、登場人物の発話に語り手が施す補足ないし代弁の度合いが一定せず、語り手＝作者と登場人物との間の距離感は自在に変動する。そのために読者は、小説中の各センテンス、各語句が、いったい誰の言葉なのか考察しながらでなければ、筋をまともにたどることすら難しくなる。

たとえば、第二部第二十一章で「ラッタラーが言ってくれたことによれば、おまえは美貌を――まさに『商品』を――所有しているのだから、おまえに夢中になってもいない女なんかの尻を追っかけまわす必要もあるまいって」(339)という、資本主義社会における「美貌」が物神化している現実をずばりと指摘するセリフは、クライドの内省が自由間接話法で伝えられているくだりにあらわれる。ラッタラーが言ってくれた言葉を咀嚼してクライドが達した理解は、話法によるミメーシスの形になっていて、その言葉遣いを、ラッタラーらの卑俗で露骨な表現から借りつつ、先に述べた（本書32ページ）のと似た布置により、登場人物の発話中の語彙に仮託された現実把握に根ざしながらも、物象化した社会現実の真相に対する直感的認識を代弁して、マルクス主義的理解を示唆するディエゲーシスを担う語り手のものにほかならないとも見えるではないか。ここに築かれる仕組みは、バフチンが重視した「対話法的文体《ダイアロジック》」の「異種混淆性」に彩られている。曲りなりにも、客観性を保証された語り手が外部から登場人物に批判を直接浴びせるのではなく、クライドにとってのラッタラー、語り手にとってのクライドの言葉が、「他者の言説を志向する言説」として取り込まれ、相互間の「内的論争」を引き起こす「対話法的関係」である。

例をもう一つだけあげるならば、死刑囚監房に投獄されたクライドが、「精神的苦悶に耐えかねては発する宗教的な詠唱か何か」（907）にはてしなくふける囚人仲間の一人ユダヤ人青年の声に心のなかで和して、みずからの悔悟を代弁してもらう場面がある。はじめはこの青年の声が直接話法であらわされるが、そのあとつぎのように微妙にずらされていく。

ベッドに横になっていたクライドの思いは、いつとはなしにそのユダヤ人の詠唱のリズムに和していく——そして心のなかでともに声を合わせる——「わたしは邪でした。わたしは不人情でした。わたしは嘘つきでした。ああ！　ああ！　ああ！　わたしは不誠実でした。わたしの心は邪悪でした。邪なことをした連中の仲間に加わりました。ああ！　ああ！　わたしは欺瞞的でした。わたしは残酷でした！　わたしは人殺しをしようとしました。ああ！　ああ！　ああ！　それも何のためでしたか。虚しい——かなうはずもない夢のためだったのです——ああ！　ああ！　ああ！……ああ！　ああ！　ああ！……」(907-8)

ユダヤ人の詠唱を二ページにわたって直接話法で伝える被伝達部のうち、後半にあたるこの箇所の、「わたしは人殺しをしようとしました」（つまり、じっさいは殺していない）とか、「それも何のためでしたか。虚しい——かなうはずもない夢のためだったのです」などという言葉は、このユダヤ人青年の弁でありそうもなく、クライド自身の経験についての後悔を語っているではないか。つまりここでは、語り手による一種の詐術が用いられ、クライドが直接話法であらわされた他者の言葉を借りていることになっていたはずのくだりが、伝達部の曖昧さに乗じていつのまにかずらされ、クライド自身による発話の言葉にすり替えられ、さらに語り手によるクライド批判にずらされているのである。

自由間接話法を通じて作者にとっての「他者の言説」、他者の言葉をおびただしく取り込んだ文章は、言葉の他者性を浮かびあがらせる——つまり、言葉とはそもそも出来合いのものであり、その意味で他者からの借り物にすぎず、みずからの内奥の思いをあらわすには拙劣にして扱いにくい代物であって、そうであればこそ、それをうまく使いこなせないのは言語表現能力に乏しい者たちばかりとも限らないことを思い知らせてくれる。分節を前提とする出来合いの言葉はそれによって、もともと分節されているわけではない現実の豊かさとか融通無碍さ、あるいは生きている人間の意識の錯雑さを掬いとろうとしても、どうしても洩れる部分を残してしまうという、言語表現につきまとう限界と、言語表現能力に乏しい者たちをいら立たせる歯がゆさとが重ねられて捉えられている。そしてこれこそが、言葉というものへの違和感に最後まで捉えられて煮えきれないでいる凡人を主人公にした『アメリカの悲劇』において、そのアナグノーリシスの基盤をなす重要構成要素かもしれない。

小林秀雄、谷崎潤一郎の誤読

このような事情を背景にして、『アメリカの悲劇』をめぐって小林秀雄と谷崎潤一郎とが戦前の日本で演じた鞘当はよく知られている。わたしはこれまで発表した拙稿で、ドライサー嫌悪をむき出しにした小林に対して、谷崎が日本語と西洋語の違いを盾に、ささやかなドライサー擁護論を揚言した経緯を何度か取りあげてきたけれども、これまでとは別の角度からここでもう一度検討を加えてみたい。

小林は日本における共産党弾圧の嵐がもっとも苛烈になってきた頃、『アメリカの悲劇』映画化作品を引き合いにして、ドライサーへの嫌悪をむき出しにした時評を書いた。そのなかで、ロバータがクライドの険悪な表情に驚いて立ちあがったためにボートが転覆する場面を取りあげて、映画のほうが原作よりもよほどましだと論じ、原作からその一節を英語原文のままで引用してみせた。その引用はどこから持ってきたのかわからないけれど、原文の転記の仕方が正確でない。ライブラリー・オブ・アメリカ版五六三ページに照らせば、原文で“here and now”となっていて、直示性を直接話法同然にすることで迫真性を強めていると思われるのに、小林の引用では“here and there”と改変され、ほぼ無意味になっている。引用はセンテンスの途中から抜いてきたもので、たとえば引用直前にある“with Roberta . . . gazing”（563）という、いわゆる付帯状況をあらわす分詞構文の部分は省略してある。だが、この部分によって以下の記述がロバータの目によって捉えられた現実であると示唆されているのだから、これを省略してはこのくだりの特徴を曖昧にすることになるではないか。

いずれにしてもこのパラグラフ全体が、主語や述語動詞も欠如した文法的に不完全な構文になっていて、衝撃を受けて混乱した意識をあらわしていることは明白である。これは、ちょっとそうは見えにくいかもしれないけれども、ロバータが自分の受けた印象を自由間接話法で表現している箇所であると見るべきで、小林が言うような「ドライサアの描いたクライドの顔」(213)ではない。語り手＝作者による「描写」ではなく、クライドの心中で何が起きているのかをその顔の観察から正確に見抜いていながら、そこから与えられる矛盾して捉えにくい印象を言葉であらわしきれないでいるロバータの思い、ないし認識を、語り手が代弁して伝えていると見るべきではないか。ここにあらわされている印象は、ロバータの言葉にしては饒舌で知的だが、そこは語り手による代弁の効果と見るべきであって、むしろロバータの動転や錯乱があらわになった饒舌と言える。

ここには、驚愕のあまり混乱したロバータの知覚を、空間や時間を引き延ばして再現するクローズアップやスローモーションという、まさに小林がドライサーの文章と比較した映画的手法を、文章表現に取り入れて「意識の流れ」として創出しようとしたドライサーの努力の跡が窺える。この努力は、リチャード・リンゲマンによれば(341)、『アメリカの悲劇』映画化に取り組んだソ連の映画監督セルゲイ・エイゼンシテインによって受けとめられた。彼はパリで知り合ったジェイムズ・ジョイスと『ユリシーズ』について語り合ったことに刺激されて、ジョイスの「意識の流れ」技法をみずからは「内的独白」と呼ぶ映像編集技術に改鋳し、じっさいに『アメリカの悲劇』映画化の制作にこぎつけることはできなかったものの、ドライサーの語りを映像化するために、ボイスオーバーや視覚的モンタージュを組み合わせて登場人物の内面を表現するシナリオを遺した（cf. Montagu 293-95）。『アメリカの悲劇』中のこの場面で「意識の流れ」を表現しようとしている努力が、ジョイスの試みに通じる文章に結晶しているとエイゼンシテインは理解し、共感を寄せたと思われる。

だが小林には、ドライサーの努力が成功しているかどうか検討してみようとする心構えすらない。ドライサーの文体の前衛性を（その英語原文をわざわざ引用しながら）英語話法の文法に立ち入って考察しようなどとは、はじめから思ってもみなかったに違いない。したがって「ロベルタは一目で男の表情を理解してしまう」（213）という小林の解釈も、ロバータがクライドの錯乱を本能的に察知したという事実を言い当てているとしても、ロバータ自身の驚愕が自由間接話法であらわされているという仕組みにはまったく届いていない。小林は、この時評のなかでこのくだりに続けて、ドストエフスキーを（ロシア語原文で読み解いたのだろうか）絶賛する言辞を綴っているのに、ドストエフスキーと同様の課題に取り組んでいるドライサーを読みとるほどの英語力はなかったということなのか、それともドライサー嫌悪が先に立っていたのか。

じっさい『アメリカの悲劇』最初の日本語訳は、小林や谷崎が論及している時点では田中純訳『亜米利加の悲劇』の上巻が出ていただけで、ロバータが溺死する場面を含む後半部まで含めて、曲がりなりにも全巻出版が成るのはもっと先のことだったから、小林も谷崎も、件の場面は英語原作を読むほかなかったはずである。

谷崎も英語原作から、小林が抜き書きしたのと同じ箇所を引用しているのだけれども、どういう訳か、小林の写しとはまた微妙に違った形ながら、やはり正確に転記できていない。谷崎は小林が誤記したのと同じ箇所で、"here and here"と、小林とは異なる形であれ、これまたわけのわからぬ誤記を犯し、さらにその三行上のパーレンで括られた二行にわたる句をそっくり省いている。英語をただ書き写すということが、どうしてそんなに難しかったのだろうか。担当した編集者たちも英語原文をチェックする手間を惜しんだのだろうか。

谷崎は小林よりも議論をさらに一歩進めて、この箇所の本邦初訳をみずから試みてみせつつ、「西洋人は顔一つにもこれだけ精密な描写をしないと、気がすまないのであります」(53)と書き、「系統を異にする二国語の間には越えがたい垣がある」(42)ということを根拠に小林に反論して、ドライサーを擁護した。だが谷崎も、クライドの顔に対するロバータの反応が語られているこの箇所を、やはり顔の「精密な描写」と捉えている点では小林と変わらないから、せっかく苦心して試訳した結果も、「読者は唯ごぢやごぢやした言葉の堆積を感ずるに止まり、どう云う顔つきを云っているのかよくわかりません」(54)ということになり、ドライサー擁護の意図を日本語の地平で遂げることはできていない。つまり、日本の巨匠二人にとっても、英語における自由間接話法という新しい修辞法にもたれていったドライサー独自の文章は、正確に理解する域に到達するのが容易でなかったことになる。

二 「意識の流れ」の流れ

『アメリカの悲劇』の文章は、いたるところで文法から逸脱している。話法の自由度に揺れを生じさせていることからくるわかりにくさだけではない。英文法の基本とされる主語と述語動詞のセットなどどこにも見当たらないセンテンス、定動詞が欠如しているセンテンス、分詞構文と見えながら分詞句があるだけで主節がないセンテンス、動名詞句や名詞句のみから成るセンテンス、時制や直示性が不安定だったり、始まっては途中で腰折れとなってあらぬ形に逸れていって終わるセンテンス、ダッシュやパーレンで囲まれた挿入の頻出、フォントの種類やサイズがたびたび変化し、行空けや行頭字下げなどによる手の込んだ割り付けによって、ドス・パソスやe・e・カミングズを思わせるような視覚的効果に訴える字面――とにかく文法的破格に充ち満ちていて、意味の把握が読者の解釈に大幅に任される文章である。ときには散文の規範から逸脱して、ドライサー自身があちこちの著作で自認しているように、むしろホイットマン的カタログ詩法か自由詩をつまみ食いした文面と見える猥雑さを湛えている。これでは、文学愛好家たちから悪文の烙印を捺されて毛嫌いされるのも無理はないと思える。

エリオット『荒野』の「非在の都市」

しかし、大戦が終わったばかりの一九二〇年代に、西欧文明崩壊の危機感に駆り立てられつつ、さまざまな作家たちによって実験的に手がけられた見慣れぬ文体や様式が続出してきたなかで、ドライサーの文体だけを悪文として排斥してすますのは、安易すぎるではないか。たとえば『アメリカの悲劇』の書き出しの部分で、舞台となる都市がカンザスシティであるとは第二章になるまで明記されないまま、その「都市における中心街」の「高いビルの壁」を、「いずれはおとぎ話で語り伝えられるだけになりかねない尊大な壁」(3) と述べているのは、戦争のために西欧のあちこちの都市が瓦礫と化したことの、まだ生々しい記憶に引きずられているからとも思われる。それは、T・S・エリオットが一九二二年に発表した詩『荒地』における「非在の都市 (Unreal City)」(31, 37, 39) を想い起こさせる表現ではないか。『アメリカの悲劇』は、すでに何人かによって指摘されているとおり、『荒地』と同じ時代を呼吸している作品であると見なしても間違いあるまい。

もっとも『アメリカの悲劇』の時代設定はきわめて曖昧で、クライドがティーンエイジャーである第一部では、起きているはずの第一次世界大戦への言及が奇妙にもいっさいあらわれない一方で、一九二〇年から施行された禁酒法がすでにここで暗に言及されていて、時系列が混乱している。ドライサーの小説としては他に見られない非現実的な時代設定であり、時代を故意に曖昧にして超越することによって普遍性に近づこうなどという、リアリズムの基本的要件に反する作為を感じさせる。となれば、『アメリカの悲劇』はまた、ジェイムズ・ジョイスが『ユリシーズ』を発表した一九二二年と、ウィリアム・フォークナーが『響きと怒り』を発表した一九二九年とに挟まれた一九二五年という、いわゆるモダニズム最盛期のまっただ中で発表されていることにも注意を払わなければならない。

フィッツジェラルド『偉大なギャッツビー』

一九二五年に発表されたアメリカ小説には、F・S・フィッツジェラルドの『偉大なギャッツビー』もある。これも大戦後モダニズムの流れのなかに位置づけられることの多い作品であり、そのなかのやはり書き出しに近い箇所にあらわれる「灰の谷」(29) は、『アメリカの悲劇』における「高いビルの壁」と同様、『荒地』の「非在の都市」を思わせる。

とはいえ、『偉大なギャッツビー』の文体や筋立てはモダニズムと呼べるかどうか疑問である。物語の筋を担う行為者でありながら言語表現能力に乏しい冒険者ジェイ・ギャッツビーと、それを観察して読者に伝える知的な視点的人物ニック・キャラウェイとで、いわば役割分担しながら小説世界を成り立たせる仕組みは、たとえば、イザベラ・アーチャーとラルフ・タチェット、あるいはチャッドとストレザーとで役割分担させたヘンリー・ジェイムズ、ラパム家の人びととトム・コーリー、あるいはドライフース家の人びととバジル・マーチとで役割分担させたウィリアム・ディーン・ハウエルズといった、アメリカのリアリスト作家たちによって愛用されてきたから、とくに新しさを感じさせはしない。ニックは視点的登場人物であるだけでなく、物語の始めから終わりまで一人称の語り（Ich-Erzählung）を担う語り手でもあるが、登場人物による一人称の語り自体はとくに新しい手法でもないし、バフチンの分類によれば、この語りの「客体化」（199）が弱まると作者のモノロジックな文体になるとされていることに思いを致せば、作者がニックに対するアイロニーやパロディを窺わせていないこの小説においては、ニックの一人称の語りにダイアロジックな文体の新しさを見出すことなどできるはずもない。

おまけに『偉大なギャッツビー』の主題は、第二次大戦後に台頭した「アメリカ研究」の開拓者のひとりレオ・マークスの主著『庭園のなかの機械』（一九六四年）における所論でよく知られているように、東にやってきてそこの堕落腐敗に染まったあげく薄汚い痴情沙汰に巻きこまれ、奇妙な犠牲者としてのあえない死を遂げたとしか見えない西部の同胞に、にもかかわらず触発されて西に回帰しようとする男の「複雑なパストラル志向」（363）を謳いあげることにある。米国における東部と西部との対比の文化的意味を象徴するということならば、『アメリカの悲劇』においても、クライドはカンザスシティからシカゴ、さらにニューヨーク州ライカーガスへと東に向かって移動するし、クライドの家族は、ミシガン州グランドラピッズからシカゴ、カンザスシティ、デンヴァーなどを経てサンフランシスコにたどりつく西向きの移動をするのだから、似た図式が呈示されている。だが、だからといって『アメリカの悲劇』は、『偉大なギャッツビー』のように西部が差しのべてくれる格別な救済の可能性を謳いあげるわけではなく、むしろそんな謳歌に茶々を入れようとする狙いさえ窺わせている。都会的頽廃を免れている西部に救いを見出そうなどというのは、福音伝道の可能性を求めて西へ西へと移動していくクライドの両親グリフィス夫妻が犯す愚の骨頂と変わらないではないか。

暗黒街のギャング、ギャッツビーは、知性とはほど遠い言語表現能力に乏しい人物だから、小説の物語は、イエール大学出の知的なニックの語りのなかで、ギャッツビーからたまに聞かされる謎めいた言葉が解釈されていくだけで進行するのだが、それでもギャッツビーは「人生の可能性をしたたかに嗅ぎつける能力」や「希望を持ちつづけることのできる異常なほどの才能やロマンティックな敏感さ」(8)を有する人間として、感嘆おくあたわざる讃辞を賜る。そしてギャッツビーの死は、「新世界のういういしい緑の胸」(187)とジェンダー化されて表現された、アメリカ西部でのパストラルな夢に殉じた行為と捉え返される。

ニックは、自分などに想像もつかないような修羅場をくぐってきたに違いないギャッツビーの心の裡に入りこみ、その言葉にならぬ想いに耳を傾けてみようなどという気配も見せず、この無知ながらも型破りな人物の人となりを消費しつくしてロマンティックなヒーローに仕立て、美文で飾り立てることに邁進する。そこに何のアイロニーもない。それがマークスの言うとおり、ソロー、メルヴィル、マーク・トウェインなど、アメリカ文学の主流に連なる文学的達成であり、「アメリカのヒーローは死んだか、さもなければ社会から完全に疎外され、ウェルギリウスの牧歌に描かれる追放された羊飼いと同様、孤独で無力である」(364)と描き出して、「アメリカ社会の実情を明らかにしてくれた」(365)とすれば、米国に社会変革の必要などはもうなくなったと信じるアメリカ愛国者には受けがよいとしても、モダニズムとはほど遠い伝統を受け継いでいることになるのではないか。

『偉大なギャッツビー』が、「西洋の没落」という警鐘を鳴らしたシュペングラーの危機感を受け継ぎ、すでに時代遅れになっているはずの西漸運動によって「西部」に到達して起死回生を遂げる夢へのノスタルジーにふけり、やがてはジョン・F・ケネディの唱えた「ニュー・フロンティア」にこめられることになる「アメリカの夢」を謳いあげているとすれば、そんな幻想にアイロニカルな冷や水をかける『アメリカの悲劇』が、アメリカ文学における人気を『偉大なギャッツビー』と競ったところではるかに凌駕されていったのも、このような伝統の力学が働いていたなかでは当然の成りゆきだったと見えてくる。ここに働いていたのは愛国主義的な批評家や学者によるドライサー排除の陰謀などではなく、時代の支配的感性であったと見るべきなのだろう。「時代の支配的思想」について『ドイツ・イデオロギー』(89)でマルクス・エンゲルスが述べた言葉の顰みに倣って言えば、いずれの時代においても支配的感性は支配階級の感性だからである。

マークスは、そういう事情を変える「責任」は「芸術ではなく政治の問題に属する」(365)という一文で、『庭園のなかの機械』を締めくくっているのだが、冷戦期のアメリカ研究における規範的な書物の結語としては、このような言葉におさめるのが精いっぱいだったのでしょうと同情できないわけではないとしても、文学の政治性が問われるようになっている今日、ほんとうにその通りと言ってすませてしまっていいのだろうか。文学に政治を持ち込んだために割を食っているドライサーという作家を見ていると、そんな感想を洩らさないではいられない。

ウィリアム・ジェイムズ心理学の「意識の流れ」

これはしたり、『偉大なギャッツビー』という横道に深入りしすぎた。ここで問題にしたかったのは、『アメリカの悲劇』における語りの文体の、『偉大なギャッツビー』とはほとんど対極をなすような目新しさである。刊行された時代と関連づけるなら、それは、一九二〇年代に出版されたジョイスの『ユリシーズ』から始まり、ドロシー・リチャードソン、ヴァージニア・ウルフとも合流しながら、フォークナーの『響きと怒り』にいたる諸作にあらわれる語りの文体と通底して、『アメリカの悲劇』にも同時代性を帯びて出現してくる、ドライサー流の特異性を含んだ「意識の流れ」手法のことである。

「意識の流れ」とは、ウィリアム・ジェイムズの心理学に取り込まれた用語であり、これまでの心理学が、すでに分節、構築、整形された観念や記憶や情緒の「連合」や「統合」によって意識を説明しようとしてきたことに反対して、ジェイムズが自著『心理学』で述べたことによれば、人が日常じっさいに「生理的状態」として経験している「具体的な精神状態全体」(152)を意味する。「『精神状態』は人間のなかでつぎつぎに湧き起こってくる」(153)のだが、それぞれの状態が分節され、単独の塊をなしてたがいに繋がれているのではなく、境目のはっきりしない「意識が一つの流れをなしてあらわれる」(159)と捉えられるので、「意識の流れ」と呼ばれることになる。したがって、この意識のなかには言葉で整理しきれていない感覚や想いも、流れに浮き沈みするかのように包み込まれていて、それは精神分析で無意識とか潜在意識とか呼ばれるものをも含みうるようである。この用語が小説の型をあらわすときは、明瞭な形をなしていない部分も含めた意識の全体をあらわそうとする文章表現が指標とされる。

「意識の流れ」派の小説とは、小説におけるこの語の意味を簡潔明瞭に説き明かした書物の著者ロバート・ハンフリーによれば、意識全体のなかでも「とりわけ言語化される以前の段階(prespeech level)」(3)を「探究することに基本的重点が置かれる」(4)小説のことである。だから、一登場人物の知性に視点を託して心理を描くヘンリー・ジェイムズや、記憶の明晰な回復を目指す心理に取りつかれるマルセル・プルーストは、意識に執着しているとはいえ、あまりにも明敏に言語化された意識に専念しているために、「意識の流れ」派とは見なされない(4)。レオン・エデルは、「意識の流れ」に続く二十世紀の「心理小説」の新機軸とは、「われわれの身のまわりの世界から直接与えられた知覚を、散文の小説においていかにあらわすか」(28)という課題に応え、「そのはかなさのために言葉で記述するのが困難なものごとを言葉にうつすという行為」(30)をやってのけたことだと論じた。

「意識の流れ」とドライサー

日本の研究者谷村淳次郎は、「意識の流れ」をめぐる議論を巧みに整理し、核心を衝いて見せてくれた。つまり、「この表現方法は、主として一九二〇年代を中心とする十数年の極めて短い期間内に集中的に用いられ、その後は、この方法を部分的に採用することはあっても、これのみに頼った小説は書かれていない」(259)と断じ、ジョイスの『ユリシーズ』とフォークナーの『響きと怒り』が、この方法の考察にとどめを刺すと見定めて、この二作をくわしく論じるのである。谷村によれば、ジョイスは、『ダブリン市民』(一九一四年)から『フィネガンズ・ウェイク』(一九三九年)にいたる四作の小説を通じて、「意識の流れ」の表現方法を「非常に緩慢」に「段階的」に「着実に獲得して」いき、「作者の介入を避けて、可能な限りの objectivity を以て描く」(260)ようになった。それとは対照的にフォークナーにおいては、『響きと怒り』(一九二九年)と『死の床に横たわりて』(一九三〇年)に「意識の流れ」の手法が「突如として現れ、突如として消え去る」(261)。この経緯のなかで、『アメリカの悲劇』にあらわれた「意識の流れ」の手法がどう関わっているのかなどは、谷村の視野に入るはずもなかったし、ドライサー研究者のなかにも、そんな問題意識を窺わせた者は誰一人いなかった。

だが、そういうことこそ、わたしの関心事なのである。

　というのも、『アメリカの悲劇』には、言語表現に疎い《インナーティキュレート》凡人の、言葉になりにくい思い――まさに「意識の流れ」――を読者に直接触れさせる自由間接話法の頻出を始めとして、さまざまな「意識の流れ」の表現方法があらわれているからである。たとえば、そういう箇所のなかでも顕著な例を一つあげるならば、つぎのような一節がある。


　クライドはロバータが切符を買ったのを見届けると、自分の分を買いにいき、それからまた、何ごとも順調だと言わぬばかりに心得顔の視線を送っておいて、プラットホームの東端の方へ引き返した。ロバータは前方の先端へ戻っていった。

（アノ着古シタ茶色ノ冬服ヲ着テ帽子ヲカブリ、茶色ノ紙ニ包ンダ鳥カゴヲモッテイルアノ爺サンハ、何デアンナニオレヲ見ツメタリシテルノカナ。何カ感ヅイタリシタンダロウカ。オレノコト知ッテルノカ。らいかーがすデ仕事シテイタカ、前ニオレヲ見カケタリシタコトガアルノカ。）

　今日ユティカに行ったら二つ目の麦わら帽を買うんだ――そいつを忘れないようにしなけりゃな――ユティカの商標がついてる麦わら帽だ。そいつを今かぶってるやつの代わりにかぶるんだ。（543-44）

云々。これは、クライドがロバータを殺害するつもりでアディロンダック山地への旅行に連れ出そうとするときの場面（第二部第四十六章）の一部である。最初のパラグラフは語り手が状況を客観的に描き出すディエゲーシスの文章であるが、つぎのパラグラフはパーレンに括られ、しかも字形がイタリック体という、見るからに異形の表現になっていて、クライドの「意識の流れ」を再現しようとするミメーシスを自由間接話法であらわしている。その異形さは、ここで見知らぬ「爺サン」に目を奪われるなどという、まったく的はずれな行為に走って焦点がずれてしまうことから生じており、すでにクライドの正常な精神の働きが失われていることを示唆する工夫であろう。そのあとに続くパラグラフは、クライドがみずからの内部にあらわれてきた霊鬼の声にそそのかされた企みを再確認するために、心のなかで復唱している言葉である。

このように、てんでんばらばらで筋道の通らない観察や胸算用をあらわす言葉が、異形の表現をまつわらせながら目まぐるしく入れ替わり立ち替わりあらわれる文章は、この章の最後まで数ページにわたって続き、物語の語り手が帯びる全知の視点を忌避して登場人物の意識を再現しようとする試みに没頭しながら、人格が多重化したクライドのすでに錯乱している「意識の流れ」を表現している。

さらに錯乱は深まり、「クライドの本性のなかに秘匿されていた、いやらしい目つきの魔性の願望ないし智慧の、ほかならぬ実体」(533)が、アラジンを揺さぶる魔神イフリートの姿をとって、クライドの分裂、葛藤、低徊する意識のなかで二重化した人格の一方を体現するまでになる。こうなると、「他者の言説を志向する言説」のなかでもバフチンが最も重視した「内的論争」(199)が、クライドの心のなかで交わされる。魔神の言葉は、はじめのうち自由直接話法で表現されるが、やがて、ロバータと電話で話していても、「全身冷たくなり麻痺しおびえきっているクライド自身は、イフリートの言葉を伝える伝声管に過ぎなくなったみたい――げんに自分が話しているとは感じられない」(541)と語られたあと、「ソンドラといっしょにおまえが訪れたあの湖に行くんだ!(中略)怖がってはいかんぞ! 弱気になるな!」(541)云々と文法的には直接話法の形ながら引用符を付されていないから間接話法にも見える表現に変わる。こうして、クライドの弱気を退けようとする魔神の言葉が、一ページ近くにわたって続けられ、話法はどうあれ、ロバータ殺害をそそのかす内なる衝動とそれに抵抗しようとするクライド自身との「内的論争」が、延々と再現されることになる。

ドライサーはジョイス、フォークナーの先駆け?

それにつけてもこのような、全知の視点からの語りを忌避する文章は、ドライサーにあってはすでに『シスター・キャリー』で、ハーストウッドが金庫のなかの大金に誘惑されて錯乱する場面や、ニューヨークで落ちぶれて浮浪者になりはて幻覚に襲われる場面など、人格が分裂し多重化した徴候を示すものとして用いられており、これらは「意識の流れ」手法の先駆形態とも見られる。さらにこれらは、後輩作家フォークナーの『響きと怒り』におけるベンジー、クェンティン、ジェイソンの一人称の語りで貫かれるセクションの文体に通じていくのではないか。

谷村による分析では、『ユリシーズ』と『響きと怒り』の登場人物の間に「Molly-Benjy, Stephen-Quentin, Bloom-Jason という対比が存在し、それぞれの『意識の流れ』の表現方法の間に、その程度に差はあるにしても、何らかの類似点がある」(273)と述べ、モリーとベンジーとは、「未分化な」意識や「無思想」(265)を「作者の介入の皆無」(266)で描いている点で類似しており、スティーヴンとクェンティンとは、「共に、知的ではあるが、混乱している高度な抽象レベルの『内的独白』」(269)にふける人物として捉えられ、ブルームとジェイソンとは、「常識的で平凡な一市民」と「正常だが、強欲な」「実際に行動をなし得る人間」(272)との共通点で結びついているとされる。だから、このような類型化を仮に受け入れて『アメリカの悲劇』と『響きと怒り』の対比を見直せば、クライドとクェンティンとでは、錯乱しているという点で類似していても、知的レベルに大きな差があるから錯乱の仕方も異なって当然であり、錯乱したクライドの描写は、自殺前のクェンティンの「意識の流れ」の描写に先行しているというよりはむしろ、凡人のジェイソンが錯乱して「白痴」とされるベンジーに近づく様相を呈するのに類似している、と言うほうがいいのかもしれない。

もっともフォークナーは、各セクションを登場人物による一人称の語りで貫いて、徹頭徹尾語り手＝作者を登場人物の「意識の流れ」の陰に匿い果し、ドライサーのように、語り手に登場人物の「意識の流れ」を補足させたり代弁させたりしながら、馬鹿正直にもあるいは不器用にも、語り手によるお節介を弁解したりするような真似などしない。しかし、たとえば重度の脳性麻痺のためほとんど呻くしかできないとされているベンジーの内的独白ということになっているベンジー・セクションが、ベンジーの「意識の流れ」をあるがままに再現しているとはわたしには受けとりがたく、じつはやはり語り手から密かな面倒を見てもらっているおかげで、いかにもそれらしく補足ないし代弁され、読者に伝わりうる形として成り立っているとしか思えないのだが。

それはともかく、わたしの関心事をもう一度言い直せば、ドライサーの「他者の言説を志向する言説」としての小説の文体は、未生の意識から覚醒へ通じる意識の変容を捉えようとしており、フォークナーの「意識の流れ」手法に先行して、それに影響を及ぼしたのではないかというのである。そんなことを言えばたちまち、アメリカ文学研究者たちをはじめとして多くの方面から失笑を買うばかりとも思えるが、失笑という形の反応を呼ぶということ自体に、もしかしたら急所を突いている兆候が潜んでいるかもしれない。前著『ドライサーを読み返せ』(287-96) ですでに述べたように、フォークナーはドライサーへの讃辞を繰り返し表明しただけでなく、具体的にどのような影響をみずからが受けたかということについてはけっして公言しなかったにせよ、いくつかの点で恩恵を蒙ったことも窺わせている。

フォークナーは、ジョイスとの関係においても借りがあるとは容易に認めなかったけれども、諸般の経緯を視野に入れれば、『ユリシーズ』の衝撃がフォークナーをして『響きと怒り』と『死の床に横たわりて』における「意識の流れ」手法の実験に向かわしめたということに、ほぼ疑いはないであろう。もっと確かなことに、シャーウッド・アンダーソンの『黒い笑い』が『アメリカの悲劇』と同じ一九二五年に出版されて、アンダーソンの作品としてはもっとも売れ行きがよかったものの、『ユリシーズ』に刺激されその模倣として書いた作品であると自他ともに認められながらも、けっして成功作とは言えない出来だったことを、フォークナーは自分が私淑していたアンダーソンの名折れとして見つめていた（cf. Hoffman, 233)。にもかかわらずフォークナーはその後もアンダーソンを「わたしと同世代のアメリカ人作家にとっての父」であり、「ドライサーが彼の兄」、「マーク・トウェインが彼ら二人の父」であるなどと述べて、アンダーソンの師たるドライサーへの謝恩に結びつけてアンダーソンへの謝恩の辞も表明し続けた（Faulkner 1968, 249-50)。

フォークナーがアンダーソン経由でドライサー、トウェインの系譜を引いていると自負しているのは、これらの先輩アメリカ人作家たちの語り口を受け継ぐ流れに棹さしたと解することもできる。その語り口とは、知的でない凡人たちの、言葉になりきらない思いを表現しようとする、アメリカ特産の「意識の流れ」手法とも呼べる文体に通じていたであろう。フォークナーはこの語り口を、かねてひそかに傾倒してきたドライサーの書きぶりを引き継ぎつつ、『ユリシーズ』から刺激を受けたことによって、アンダーソンからの教唆にも従い、みずからのものに取りもどそうと思い立ったがゆえに、それを実作における前衛的実験にまで煮詰めてみる気になったということではないか。

最新のドライサー評伝の著者ジェローム・ラヴィングは、ドライサーこそ、フロイト理論をかじりつつ、「シャーウッド・アンダーソンやウィリアム・フォークナーといった作家たちが拠り所とした心理学上の自然主義を確立するための、二十世紀における基盤を築いた」(258)

張本人であると述べている。「心理学上の自然主義」とは、「意識の流れ」手法をもたらしたジェイムズ心理学の謂ではないか。こんな見方も、今日のアメリカ文学界ではもはやあまり抵抗を受けないかもしれない。ドライサーの悪文と見なされた文章の特徴は、ラヴィングがつぎのように指摘するように、今ではドライサーの文章の前衛性に通じていたとも見えてくるからである。

ドライサーの文章の組み立て方はねじ曲がっていることが多いし、内容はときに冗長である（もっとも彼の反復的な表現は、細部を重ねながら築き上げていくドラマを際立たせるのに役立っている）のだが、［かつての批評家たちによって］杜撰な文体だと決めつけられてきた特徴の大部分は、今日では異を唱えるに値しなくなっている。ドライサーの散文のなかで当時俗語と見なされていた表現のなかには、今では標準英語の一部になっているものもある。ドライサーは新聞記者や雑誌寄稿者として文章執筆法を習い覚えたのだが、そういう執筆者は昔も今も、陳腐な表現を罰当たりなものと見なしたりしない。おまけにこのリアリスト作家は、平凡な男女をもっともよく知り抜いていた――そういう男女にとって話し言葉は、知的作為と縁がなく、肚の底で感じられる非理知的なものだったのだ。(317)

しかし、この文体の前衛性の影響がジョイスにまで及ぶなどと言えば、学界、批評界で容易に受け入れられそうにもない。とはいえ、ドライサーはジョイスより十歳以上も年上だし、書簡や伝記からも窺えるように、若い頃からスピノザやショーペンハウエル、ハーバート・スペンサーからニーチェなどにいたる哲学書などと併せて、「心理学上の自然主義」を説いたウィリアム・ジェイムズの著書に親しんでいた。一九一〇年代にグレニッチヴィレッジに住んでボヘミアンたちとの交流を深め、そこでフロイトの著作を知るようになって、それまでにも増していわゆる無意識に関心を寄せるようになる前のジャーナリスト時代から、ジェイムズに傾倒していたらしい。

モアズが詳述しているようにドライサーは、生理学者ジャック・ローブと面談、文通し、その専門論文を渉猟したことをはじめとして、自然科学分野の理論にも首を突っ込んで、人体機械説や宇宙論の大著をものしようとさえしていた。大学も出ていないくせに抽象的な理論を弄ぶドライサーは、確かに、無学な者の哲学者ぶりを演じている（いわゆるメニッペア）と受けとめられ、高尚な知識人らから嘲笑されることはあっても、その口舌がまともに考察されることは、モアズに取り上げられた以外には滅多になかった。

にもかかわらず、既成文学の分野にとらわれないその広範な読書量は、スワンバーグなどのように嗤いとばしてすますことができるようなものではない。ドライサーが、いかに似つかわしくないと思われようとも早くからウィリアム・ジェイムズに触れていたおかげで、彼なりの「意識の流れ」手法を育んでいったとすれば、その後のモダニズムの潮流をなすこの手法において、ジョイスに先行する上流にいたと考えられる。

さらに、『シスター・キャリー』を論じたオーロフは、ハイデッガー哲学に関連させた解釈を提起する一方で、ドライサー、ジョイスともにカトリック家庭に生まれ育ったことから、感性に相通じ合うところがあったと指摘し、言葉になりきれないなかば宗教的な神秘主義的認識、つまりいわゆる「顕現（epiphany）」（Orlov 1995, 151）をパロディー化したみたいな表現に訴えたことに注目する。オーロフの見方によれば、シカゴで失業して途方に暮れていたキャリーがドルーエと偶然に再会し、暗黙のうちにドルーエの情婦になると承諾したいきさつを描いた箇所で、キャリーがドルーエから掌中に押し込まれた紙幣をあらためて見直し、二枚の十ドル札を見出してその意味を悟る瞬間の描写は、ジョイスの『ダブリン市民』中の「二人の伊達男」における最後の場面で、コーリーがゆっくり手のひらを開いてレネハンに金貨を見せる場面の手本になったと見なしうる。つまり、言葉ではあらわしきれない真実を開示しているエピファニー的な場面として類似しているというのである。

ルカーチの前衛主義批判とドライサー称賛

こうなるとドライサーは、モダニズム文学において一方の旗頭たるドキュメンタリー＝ルポルタージュ手法の名手と見なされたジョン・ドス・パソスの手本となったという、比較的認められやすい影響力をふるったのみならず、もう一方の旗頭たる「意識の流れ」手法の達人ジョイスの、多くの論者にとっては思いもかけぬであろう、知られざる先達者でもあったということになる。これはまさに、「表現主義からシュルレアリスムまで」あらゆるモダニズム、前衛主義を、リアリズムからの顛落たる自然主義の二十世紀版であると切り捨てたゲオルク・ルカーチにとって、自然主義作家ドライサーこそが「現代小説の最高に進化した主観主義（ジョイス及びドス・パソス）」（"Narrate or Describe?" 144）の生みの親だったことを証する事実にほかならない、ということにもなりそうである。フロベール、ゾラに始まる自然主義文学やその後裔としてのモダニズムに対するルカーチの敵意は、かつて拙論「リアリズムが問題だった」での愚考（10）に触れるまでもなく、根深く一貫しており、バルザック、スタンダールに始まり現代のロマン・ロランやトマス・マン、トルストイやゴーリキーにいたる「批判的リアリズム」称賛に一意専念して、硬直しているのでないかと思われるくらいだからだ。

ところがルカーチは、スターリン批判が始まった後間もなく発表した論文「批判的リアリズムの現代における意義」（一九五七年）では、トマス・マンやロマン・ローランと並べてドライサーを、「リアリズムの新しい高揚、つまり帝国主義に対するヒューマニスティックな反逆」に献身した作家として称賛している。とすれば、ドライサーは批判的リアリストであるということになるが、自然主義作家に属するとされてきたドライサーの評判や、ジョイスやドス・パソスの前衛的手法を先取りするようなドライサー作品のなかの類似点について、ルカーチはどう考えていたのか、大いに気になるところだ。ルカーチは、わたしの知るかぎり、それまでドライサーに言及したこともないのだから、ましてドライサーを自然主義作家に分類したことも、当然ながらなかった。それはそうだとしても、だからこそドライサーについてもう少し具体的に論じてくれないと、国際共産主義運動転換期に発表されたこの論文で、どういうわけか、あたかもドライサーへ唐突にリップサービスを進呈しただけとも見えるのである。その経緯が明らかにならない限り、ルカーチのリアリズム論はわたしにとって説得力が弱いままである。

あのドライサー称賛は人前を繕っただけか、などと疑心に駆られるわけは、ルカーチが一九七〇年という最晩年に執筆ないし改訂した英訳版批評論集『作家と批評家』「序文」に、ドライサーへの言及がまったくないからでもある。この「序文」でルカーチは、自分には「合衆国の現代文学に通じているなどと触れ込むことなんかできそうにない」と自重して見せながらも、編訳者として尽力してくれたアメリカ人学者に報いようとしてであろうが、「残忍極まる非人間的な世界」のなかで「人間的尊厳を求めるたたかい」に取り組んでいる現代アメリカ人作家たちとして、シンクレア・ルイス、ユージン・オニール、トマス・ウルフ、ウィリアム・スタイロンなどの名をあげ称賛しているのに、ドライサーにはひと言も触れていないのである（17-18）。この時点でドライサーのことは忘れてしまったとでも言うのであろうか。それとも、ドライサーをほんとうは読み込んでいなかったと言うのか。

文学におけるもっとも重要な達成として批判的リアリズムを称揚し、ドライサーをその担い手として世界に通用する作家と評価したこともあるルカーチだからこそ、ドライサーが部分的にせよジョイスやドス・パソスとつながっているように見えることを、どのように説明してくれたであろうかと気になる。ルカーチのようにリアリズムとモダニズムを截然と分離、対立させて、各作家をどちらかに属させようとしても、ドライサーについてはリアリズムとモダニズムの絡み合い、混淆が甚だしく、「意識の流れ」手法が作品にあらわれてもその一部に見られるだけで、終始一貫してこの手法が作品を支配していないから前衛主義に堕するのを免れたということであろうか。

ヘンリー・ミラーのドライサー評

ドライサーとジョイスのつながりをもっとも的確にすっぱ抜いたのは、『アメリカの悲劇』が刊行された当時、駆け出しの小説家にすぎなかったヘンリー・ミラーである。あちこちから出てきた『アメリカの悲劇』書評でドライサーの文体が相変わらず攻撃されていることに義憤を覚えたミラーは、雑誌『ニュー・リパブリック』読者欄に早々と投稿して以下のように書き、主流に与する批評家たちに一矢報いた。

小説というものはイメージや情緒に頼って効果をあげるのであり、抽象的な思想に頼るものではない。（中略）この見方からすれば、ドライサー氏が効果をあげているのは、氏の文体にもかかわらず生じた結果であるどころか、その文体ゆえに達せられているのである。氏は、「安っぽく、陳腐で、けばけばしい」とされるその文体のおかげで、もっと優雅で精確な文体ではせいぜいほのめかすことしかできないような世界を描き出せるようになる。氏の言葉の使い方は、意識的にせよそうでないにせよ、現代の作家たちが、とりわけジョイスに顕著に見られるように、意図的に言葉を使うときの使い方に従っている。す

なわち、氏はみずからが用いる言語を、氏の作品に登場する人物たちの意識に一致させているのだ。(486)

ドライサーの文章は部分的に哲学者ぶったり良識家じみたりする気味も含み、ミラーの言うほど登場人物たちの言葉遣い一本槍で小説の効果が達せられているわけではない。むしろ文体が揺れて不統一であるのがドライサー小説の文章の特徴であり、異種混淆の文体のなかにところどころ「意識の流れ」手法に通じる部分もあらわれると言える程度のことかもしれない。だからこそ作品全体としては、ルカーチの毛嫌いした前衛芸術的文体になり果せてはいず、おかげでかえって「対話法的文体」を保持し、「意識の流れ」を担う人物の外部に広がる世界「全体」も捉えることができて、ルカーチからの厳しい批判を免れることができたのかもしれない。それにしても、複数の語りの声の一端を担う「意識の流れ」技法の、ジョイスに先立つ創出や展開との関連を探る観点こそ、語り手や登場人物のあいだで交わされる対話や内的論争を秘めたドライサーの文体を考察するには、必須の前提となるのではないか。

第三章

本文批評

ドライサー小説の制作過程

　ドライサーが著作を印刷物として発表するまでにどのような執筆方法をとったかということは、比較的よく知られている。まず最初にドライサーが手書き自筆原稿を作成し、それを愛人めいた女性「秘書」に預けて編集させつつタイプ原稿を作らせ、このタイプ原稿にドライサーが加筆修正を加え、それを元に著者校正用ゲラを出版元に出させ、それを出版社の編集者や弟子めいた作家に編集校正させる。その結果を組み込んだ刊本用ページ校正ゲラに原著者が最終校正して決定版にこぎつける。各段階でドライサー自身が、さまざまな人たちから出された改訂案を受け入れるかどうか吟味しながら、本文を確定しようとする作業に従事する。したがって、今日われわれが目にするドライサー著作には、じつに大勢の人びとによる関与を通じてできあがった作物であるという特徴が顕著となる。それとともにドライサーは出版社にとって扱いにくい作家とみなされ、出版社とたびたび悶着を起こしては、断絶した。

　そのために、ドライサーは独力で著作を完成することもできず、文章もまともに綴れないような、作家としてはなかば不具の人間だった、などという憶説すら横行する結果を招きもした。だが、印刷術が発達し、商業出版があらわれるにつれ、出版物、印刷物が大勢の人びとの共同作業によって制作されるというのは、ごく通常の事態となってきたではないか。ドライサーの執筆方法は、そのことをあからさまに見せつけているだけに過ぎない。それなのに、ドライサーには作家としての矜持が薄弱だったとか、作文能力が不足していたなどと論じたりするのは、悪意にみちた誹謗中傷か、さもなければ、『近代本文批評批判』の著者ジェローム・マッギャンが批判した、「孤絶された作者の自律性を強調するあまり、『文芸作品の存在様式』(根本的に社会的であって個人的ではない存在様式)に対する理論的把握にゆがみを生じさせる」(8)ロマン派的なイデオロギーに毒された結果である、と見なければならないであろう。

『アメリカの悲劇』も、ドライサーが新聞記者をしていた頃に殺人事件を素材とする作品の着想を得て以来、構想から執筆、編集改訂から刊行にいたるまで三十年近くの長期にわたり、大勢の人びとからの助けを得ながら仕上げられてきた。ドライサーがいくつかの殺人事件に取材して、未完に終わった試作『道楽者(*The Rake*)』をはじめとする試行錯誤を重ねたあげく、チェスター・ジレットの犯した殺人事件を題材にすると最終的に決めた一九二〇年夏以後書きはじめられ、一九二三年に改めて最初から書き直しはじめて完成にこぎつけた『アメリカの悲劇』マニュスクリプトは、絶え間なく湧きあがる言葉の奔流に身をまかせて書きとばすドライサーの習慣にしたがって、膨大な量にのぼった。

このドライサー自筆原稿は、用紙のサイズも書式も一定していないから、全体でどれほどの分量になるのか定めるのが困難であるが、スワンバーグによるきわめて大ざっぱな見積もりでは百万語に達していたと言われ（295）、この数字が多くの学者、研究者によって受け売りされてきた。サリー・クーセル、ルイーズ・キャンベル、ヘレン・リチャードソン（晩年のドライサーの妻）という三人の愛人秘書によって、手稿はタイプ稿にまとめられただけでなく、大幅に削除する編集を施され、さらに出版元の編集者T・R・スミスとマニュエル・コムロフによっても五万語削られたという。削除を惜しむドライサーによって自筆の文章の部分的な復元が図られるのが常だったとしても、最終的には『アメリカの悲劇』現行版約三十八万五千語の長さに確定されたことになる（295）。クーセルは手稿を半分に削減したと言い、さらにキャンベルはその半分に短縮したと証言しているし、残されている手稿では第一部が三十二章、第二部が七十一章、第三部が三十五章あるのに、現行刊本では第一部十九章、第二部四十七章、第三部三十四章へと、章数が大幅に削減されている。この経緯を知れば、最初の手稿が百万語の長さだったという見積もりも頷けよう。

ペンシルヴェニア大学図書館ドライサー・コレクション

この手稿はペンシルヴェニア大学図書館ドライサー・コレクションに収蔵されており、『アメリカの悲劇』原形を探るための資料として利用されてきた。マシセン、スワンバーグ、エレン・モアーズ、ドナルド・パイザー等々、ドライサー評伝の名だたる著者たちは、この資料に言及してきたが、それらの記述は隔靴掻痒《かっかそうよう》の感があり、手稿の実際を浮かびあがらせることに今ひとつ成功していない。

そのようななかで大浦暁生の論文「『アメリカの悲劇』の成立」は手稿資料を具体的に描き出していて、出色のできばえを見せてくれる。しかもこの論文は、「一九七七年六月下旬から八月末まで、筆者はペンシルヴェニア大学で『道楽者』の原稿ならびにドライサーのモリノー事件資料、それに『アメリカの悲劇』の原稿および関連資料を調査研究する機会を得た。この論文の大部分はその時の調査研究に基づいている」(I-12)というのだから、驚くべきことにわずか二ヶ月間の調査研究で、パイザーらの先行研究に対する批判を含むこれほどの成果を持ち帰ったわけである。さらに不可解なことに、この論文は『中央大学文学部紀要』の一九七九年、一九八二年、一九九〇年、一九九三年に刊行された号に、ポツリポツリと間欠的に四回にわたって連載されているから、それほど長くもない論文が完結するまでに十五年ほどもかかっているのである。その間の事情はうかがい知れないが、読みにくいドライサーの筆跡をたどって手稿から刊本にいたる過程を明らかにする論述に、「テキスト考証の意味」への懐疑をほのめかしながら、むしろ「作者の内面的苦闘の軌跡」や「作者の文学的思想発展の歩み」を読みとろうとした姿勢があらわれている（I-1）。

今日ペンシルヴェニア大学図書館の「ドライサー・コレクション」は、大浦が調査研究にあたった頃よりも整理が行き届き、この図書館のインターネットサイトに公表されている紹介によれば、ドライサーの自筆原稿は、『アメリカの悲劇』関連の資料を集めた二十六個のボックスのうち、ボックス一九四から二〇一までの八個のボックスに分類されて収められている（大浦が調査した段階では、ボックス九三、及び九五から一〇一までのボックス八個に収められていた（III-70））。したがって、ペンシルヴェニア版『シスター・キャリー』のように手稿を底本（copytext）にした無削除版『アメリカの悲劇』を産み出す条件はできているのだが、数々のドライサー著作の手稿になるべく近い形での「オリジナル復原」を果たしてきた出版事業計画「ドライサー・エディション」といえども、『アメリカの悲劇』の膨大な手稿をもとにした無削除版の産出に乗り出そうと検討した気配もうかがわせていない。

英語版四書の校合から見えてくるもの

『アメリカの悲劇』本文批評としてわたしが発見したと自負したい研究成果は、手稿の校閲などという大それた企てよりも、はるかにもっとささやかなものに過ぎない。それは別表に掲げる「『アメリカの悲劇』英語版四書の校合表」（本書135ページ）に尽きる。英語版原書を解する読者には、それを見ていただくだけですむはずであるが、日本の一般読者には多少説明を要する部分もあろうから、以下に補足したい。

この「校合表」は、ライブラリー・オブ・アメリカ版『アメリカの悲劇』（二〇〇三年刊）を底本として、二巻本の初版ボニ・アンド・リヴライト版（一九二五年刊）、わたしの学生時代の標準的テクストだったワールド・パブリッシング社版（一九五三年刊）、ペイパーバックとして重宝だったシグネット・クラシック版（一九六四年刊）を併せ、計四種の本文を校合した結果をまとめている。ライブラリー・オブ・アメリカ版を底本としたわけは、拙著『ドライサーを読み返せ』第三篇「『シスター・キャリー』本文批評」で述べたように、この叢書が「米国に文学キャノンの安定的テクストを普及させるインフラとして構想された」（143）国家的出版事業であり、現在ではこれに収録された版が『アメリカの悲劇』の最新のテクストなので、これを拙訳の底本に用いたという経緯による。これを翻訳の底本として用いたために、わたしはこの版の一語一句も洩らさず吟味検討する必要に迫られ、この版を作品の本文批評のための軸に据えることになった。しかし、それ以外の版については、ライブラリー・オブ・アメリカ版で問題となる箇所に相当する部分を改めて検討したにとどまる。だから、もし別の版を底本に用いたら、また多少異なる校合表ができあがったかもしれない。

ライブラリー・オブ・アメリカ版『アメリカの悲劇』の巻末には、編者トマス・リジオによる「本文に関する注釈」が収められ、初版ボニ・アンド・リヴライト版を底本に用いたと述べるとともに、初版に見られる「印刷上の誤り（typographical errors）」は訂正したと説明している（968）。そして「注釈」の最後に、計二十四にのぼる訂正箇所を明示している。それらの箇所には、わたしの作成した「校合表」のなかでアステリスク（*）を付してある。もしリジオによるこれらの校訂が、これまでの刊本諸版にまぎれこんでいた誤記誤植類を一掃するほど完璧であったなら、わたしが改めて本文批評をするには及ばないはずであった。

ところが、翻訳作業を続けているうちにわたしは、リジオによる校訂が初版の「印刷上の誤り」を洩れなく見つけきれていないし、新版には初版になかった新たな「印刷上の誤り」が作り出されてさえいることに気づいた。また、単純な「印刷上の誤り」とは異なる水準においてではあれ、本文内の首尾一貫性という観点から疑問となる箇所も少なからず残されていることにも気づいた。それら、何らかの問題を帯びた本文のくだりを総計すれば、八十箇所以上にものぼる。「校合表」では、リジオが校訂しえた箇所には誤りが正されたという意味でマル（○）、リジオによって見落とされたり新たに生じさせられたりした誤りの箇所には誤っているという意味でバツ（×）、わたしが疑問に感じる箇所にはサンカク（△）を付してある。他の版の該当箇所についても同様の記号を付した。△の箇所は疑問といっても、わたしにとってはほぼ誤りに等しいと見なしうるので、翻訳にあたっては校訂したうえで訳出した。

単純な誤植

さて、「校合表」中のいくつかの事項について、もう少し具体的に説明しよう。

まず表中先頭の四十六ページ十六行目（46.16）の“same”は、他の諸版では“sane”となっているように、この新版ではじめて生じることになった単純な誤植である。このような誤植は意外に多く、（314.38, Them）は（Then）の、（315.1, told）は（hold）の、（357.1, of）は（or）の、（507.11, though）は（thought）の、（612.28, trying）は（tying）の、（862.31, checks）は（cheeks）の、（871.34, if）は（of）の、（872.23, new on one）は（new one）の、（932.35, We'll）は（Well）の単純な誤植である。これらは他の諸版で誤植になっていることはなく、この種の誤植が訳文に影響を与えることはまずないにしても、ライブラリー・オブ・アメリカ版で新たに犯された誤りとして不面目きわまる手際の落とし子と言うほかあるまい。

二番目の（113.11, psuedo-）は、他の諸版もすべてこの形になっているとはいえ、“pseudo-”と正常なスペリングに校訂すべきではないか。じじつ他の箇所では、初版の（II.174.43-44, cathechize）を（670.35-36, catechize）、（II.215.34-35, where-ever）を（716.5, wherever）、（II.274.31, enscorcelled . . . enscorcelled . . . ensorcellor）を（783.23, ensorcelled . . . ensorcellor）、（II.299.25, Sanders）を（811.39, Saunders）といった、通常の正しいスペリングに校訂しているのである。

前出語句と後出語句の不一致

三番目（118.33, Wilkens）はオーフィア・ホテルの葉巻売り場店員であるとされており、同じくオーフィア・ホテルの葉巻売り場店員として先に（93.11, Charlie Trone）として出ている人物と同一人物である可能性が高いから、「トローン」と統一するのが適切だと思われる。同様に五番目（170.40, Letta）は、ハリエット家の娘の名前として後のほうで複数の箇所で（438.33, Nadine）となっているので、そちらに統一するほうが一貫してわかりやすいのではないか。このような不一致は、手稿が長すぎたために作者自身が前後で記憶違いに陥っただけでなく、手稿の削減に何人もの編集者が携わって連絡に不備を生じたり、案外杜撰だったりしたために引き起こされたちぐはぐさであろう。わたしが提案する校訂で、（492.11, Trippetsville）を（398.16 etc., Trippetts Mills）に、（554.16, Harriet）を（525.18, Harley）に、（731.18, Eddie）を（369.16, etc., Freddie）に、（752.22, Biggens）を（752.8, Biggen）に、（929.37, Gibson）を（905.29, Guilford）に揃えるのも、そのような齟齬を正そうとするものである。また、七番目の（217.17, second）を（229.34, 255.4, etc., third）に、（599.16, & 641.6, Taylor Street）を（270.33, Jefferson Avenue）に、（627.21, Wetissic）を（650.25, Metissic）に統一するのも、似た趣旨に従ってなされる。このような食い違いは、文章の「個性があらわれている特徴」（968）としてとどめておくべきだとリジオが述べているものとは異なる、と思えるからである。

リジオによる校訂のうち、四番目の（151.27, to do that）をはじめとして「校合表」で○をつけた二十四箇所の校訂は、後で触れる箇所を除けばいずれもじゅうぶん首肯でき、本文の改良につながる間違いない成果と言えよう。他の版によってすでに校訂されていた箇所も多いが、そのなかでは（519.37, to win）、（527.38, et 541.31, Raquette）、（618.8, to the Harriets'）、（659.4, all,）、（767.21, seems to）、（783.23, ensorcelled . . . ensorcellor）、（828.26, it any）などは、リジオがはじめて突きとめた誤植であり、リジオの校閲が遂げた功績と認められる。また、（526.9, et 565.30, weir-weir）は、他の諸版が"wier-wier"という誤った綴りと区別をつけられず混乱をきたしているが、リジオはポーのドライサーに対する影響を見据えて校訂し遂げている。

引用符の誤植

文体論上もっと重要な本文批評上の問題として、引用符の処理がある。たとえば（536.4, this.”）は、この箇所でパラグラフが変わっていても発話者は変わっていないので、閉じる引用符を打つのは誤植となるのに、ライブラリー・オブ・アメリカ版はこの箇所を見落とし、校訂しそこなっているという問題である。ここで引用符を省く校訂をしているのはシグネット・クラシック版のみであり、他の箇所を見てもこのペイパーバック版の校閲は思いの外行き届いているとわかる。（780.33, “Beautiful?”）の箇所も同様であり、発話者が変わっていないので引用符を打つ必要がないことをきちんと踏まえた校訂をしているのは、シグネット・クラシック版のみである。（732.35, afternoon.”）、（737.25, Green-Davidson.”）は、登場人物のせりふが終わっている箇所だから、閉じる引用符を打つ校訂がライブラリー・オブ・アメリカ版においても、シグネット・クラシック版においてもなされている。ただし、（783.9, entirely?）で閉じる引用符を打つ校訂を、ライブラリー・オブ・アメリカ版はしそこなているけれども、ワールド・パブリッシング社版とシグネット・クラシック版は校訂してある。また、（545.27, all!）では、閉じる丸カッコが欠けている誤植をライブラリー・オブ・アメリカ版が見落としているのに対して、ワールド・パブリッシング社版とシグネット・クラシック版はきちんと校訂してある。

このような句読法の誤植は見逃されやすいが、話法に特徴があるこの小説では、句読法に気をつけることがとりわけ重要である。たとえば（909.9-13, "What! . . . 'Hereby . . . spirit.'"）のくだりは、（Was not the peace of God within his grasp and for the asking.）という文で、動詞の時制や人称代名詞がいわゆる描出話法の文法に従っているし、疑問文の形なのに疑問符が欠如していることからも判断できるように、マクミラン師の言葉を自由間接話法であらわしていると見なければならないはずだから、前後の二重引用符（double quotes: " "）は削除し、それにともなって、現行諸版で（Hereby）以下一重引用符（single quotes: ' '）によって括られている聖書からの引用部分を、二重引用符で括る形に校訂するべきである。だが実際は、どの版もすべて、この箇所の校訂をしそこなっている。また、（928.29, short.）の箇所は、クライドの思いを自由間接話法で表現しているくだりの一部であるから、この文が、主語と述語動詞との倒置を含む典型的疑問文らしい形になっていないとしても、他の諸版のようにこれを疑問文と解釈して、（short?）と疑問符がついているままで受けとめてもかまわないであろう。だから、この箇所に対するリジオの校訂がほんとうに必要かどうかは疑問なのである。

引用符の処理においてまた別種のブレを生じさせているのは、手紙や新聞記事のブロック引用箇所に引用符を付けたり付けなかったりしている問題である。ブロック引用の場合は、前後に一行空きを設ける（及び、全体を字下げする）ことによって引用符を省略することができるとされるのが普通ではないだろうか。ところが、（243.15）のブロック引用箇所には引用符が付いている。これでは、その前にあらわれるブロック引用箇所（185.33）では引用符が付いていない方式に従っていたのとは食い違うことになる。このようなブレは他の箇所でも生じているし、他の諸版におけるブロック引用箇所の引用符の有無も[BL][LA]版とすっかり同じであり、一貫性に欠けている。ブロック引用箇所では引用符を付けないという方針を一貫させるのはそう難しいとは思えないから、拙訳ではそのような方針に従って校訂してある。

校訂困難な食い違い

本文中の前後の記述に整合性を与えようとすれば、（538.27, Wednesday）のような、できごとの時系列を記述している箇所がもっとも扱いにくい。というのも、（522.3, Saturday, June 14th）とあるので、この箇所における（June 30th）は、（Wednesday）ではなく"Monday"であるはずだからだ。しかし、このような日付と曜日の食い違いは、この「校合表」に洩れなく掲出するわけにいかなかったけれども、本文中で少なからず生じており、これらに手をつけたらとても始末に負えなくなりそうだから、わたしはこの種の齟齬に目をつむることにした。

そのうえさらに（690.8, June 18th or 19th）といった箇所もある。ここは、クライドがロバータ殺害を着想したきっかけとなる新聞記事の日付にベルナップが言及する箇所であるが、この新聞をクライドが読んだのは、ソンドラやロバータから（500.3 & 34, June 10th）付けの手紙を受けとって読んだ日の夕方だったと語られているから、むしろ一週間前の六月十一日か十二日だったと考えられるのではないだろうか。同様に、ロバータの父親による公判中の証言で、（747.23-25, There had been a few telephone calls from Lycurgus, the last on July fourth or fifth, the day before she left, he was sure.）とあるのは、第二部第四十五章における記述では、クライドが（539.4, tomorrow-the second）となる日、つまり七月一日に電話したことになっており、その際（540. 29-30, the third —— the very next day —— and on the morning of the sixth）にあらためて電話すると約束していることと食い違っている。そもそも「一日」に電話している時点で「三日」を「翌日」と言っていることによってすでに齟齬が生じているのだが、ロバータの父親が、最後に電話がかかってきたのを「四日か五日」とし、その点について間違いないなどと請け合っているので、ほんとうはどうだったのかますますはっきりしなくなる。

これは筋書き上の単なる混乱であろうか、それとも、裁判における証言があてにならないことをあらわそうとしてわざと食い違わせたなどと見なせるだろうか。

たとえば（576.12-15）に“Even the captain himself, as he later testified, had not particularly noted his debarkation ―― . . .”とあるのに、（581.27ff）では“According to him, . . . this same young man, . . . came on board”となっていて、連絡船船長の証言がガラリと変わり、どうして変わったのかということについては何の説明も与えられていない。これは船長が検察側から誘導された結果変わったことを示唆する工夫のあらわれである、と読むべきではないだろうか。作品の前後間のこのような不整合はほかにもいくつか見られるが、いずれも検察側による証言捏造を疑わせるために、作品のなかに仕組まれた作為的な撞着かもしれない。そうであるとすれば、前後の辻褄を安易に合わせる校訂はするべきではないであろう。

さらにまた、（786.12, January last year）は、指示されている時日が「昨年の一月」ではなく、「（今年の）去る一月」であるからには、“last January”と校訂するほうが適切ではないだろうか。前述のように小説の時代設定自体が、意図的かどうかは別にしても曖昧にされている以上、全体としてこの小説がいかなる暦に従って動いているのか、指摘しきれない他の箇所を含めてどうも明確でないとしても、当然の帰趨なのかもしれない。それでも、原作者のみならず多くの「編集者」たちも、多少とも非現実的な時間把握に引きこまれ、物語の構成が少しぐらい杜撰になってクライドと似たような粗忽に陥っていたとしても、奇とするに足りないと言えるのだろうか。

架空の地図から生じる混乱

小説の筋の時間軸が夢のなかを浮遊するように不安定であるのと同様、事件が起きる場所の空間的設定もあやふやで、素材とされたジレット＝ブラウン事件から距離をおくためであろうが、この地域の地理が一部虚構化されていて、現実の地理との関係が不安定になっている。モデルとなった現実の事件で、チェスター・ジレットが伯父の経営する工場に勤めることになったニューヨーク州コートランドは、小説ではクライドの赴くライカーガスという架空の都市に変えられ、しかも市名が変えられているだけでなく、その地理的位置や都市としての規模や人情・政情も、米国社会を一般化して描写するためであろうが、抽象化され仮構にされている。そのために、たとえばユティカとかオルバニーとかの実在の都市とライカーガスとの地理的関係は曖昧であり、ニューヨーク州北部ということになっていても、ライカーガスとその近隣の移動は、どことも知れぬ空間をさまようことになる。それでもこれは、のちにヨクナパトーファ郡を創出することになるフォークナーのために範を垂れたともいうべき趣向であると見なしうる。このような架空の地理空間も、実在の地理に基づきつつ『アメリカの悲劇』のためにかなり自由に想像された架空の土地たるカタラキ郡、ブリッジバーグ、ビッグビターン湖などのように、その虚構がしっかり維持されていれば、本文批評上の問題は生じない。

だが、たとえば(664.34, et 709.34, et 907.18, Fourth Lake)のように、虚構上は"Twelfth Lake"となっていたはずの湖が、突如、現実のジレット=ブラウン事件で別荘地として言及された実在の湖の名で呼ばれたりするのは、現実と虚構の錯綜が合理性を越えてしまい、具合が悪いであろう。こういう箇所は原著者の迂闊さや編集者の手抜かりの結果であろうから、何の不安もなく虚構上の架空の名前を引き継ぎ、"Twelfth Lake"に統一して校訂することができる。それに、架空の地名を用いる際もまったく捏造された名前ではなく、どこかの実在する地名(たとえばカナダの地名)を借りてくることが多いから、(527.38, Raquette)のように実在の湖の名の綴りにリジオが校訂したのは適切である。だとすれば、(842.3, Rehobeth)はマサチューセッツ州に実在する古い町の名を借りたと見られるので、"Rehoboth"という現存の町の名の綴りに校訂するべきではないか。

このような齟齬は、ドライサーが事実にあくまでもこだわろうとする姿勢にとりつかれている反面、物語を組み立てる想像力にのめりこむ性癖にも駆り立てられるために生じる、事実と想像とのきしりと見られる。

大胆な校訂

つぎの事例は物語構成上もっと踏み込んだ本文批評ということになるが、(730.7, Emily) は、作品の前半でロバータのすぐ下の妹が "Agnes" という名で登場していたことを、作者たちが作品の後半では失念したために起きた勘違いによる誤記であり、校訂されるべきであろう。この箇所では "of whom she [=Roberta] had often spoken" とあるので、クライドに対してロバータが先に結婚した妹アグネスを盛んに話題にしていたこと、また、"next to her another girl, looking something like her" とある部分にあらわれる "another girl" こそ、一番年下の妹エミリーであると推定できることを傍証として、後半にあらわれる (761.36, 762.16, Emily) も含めて、すべて "Agnes" と校訂してよいと言えるであろう。

また、本文における別種の齟齬としては、(742.2, forty-eight instead of twenty-four hours) の例がある。ここはロバータ溺死事件の間際までクライドがロバータと同床したことの醜態ぶりを糾弾するメイソンのセリフであるが、グラス湖に宿泊したのが事件の「24時間前」にあたり、「48時間前」はユティカのホテルに泊まったことにあたるのだから、グラス湖に「殺人」前日に同宿した醜行を強調するつもりが、おかしな空振りになっているではないか。禍々しさを強調するためには数字を大きくしなければと勘違いしたのだろうか。しかし、同室に泊まった夜から時間的にあまり経っていないうちに事件が起きたことに対する嫌悪を強調するつもりで、グラス湖に停まったことを問題にしているセリフなのだから、"forty-eight"と"twenty-four"とは位置を交換して、"twenty-four instead of forty-eight hours"と校訂してやるほうが筋道が通るであろう。

勘違いということなら、オーバーン刑務所の規模について(871.18, thirty by forty)と述べている箇所も困りものである。そのあとの記述では「間口八フィート奥行き十フィートの独房が片側に六室ずつ」並んでいるとされているが、間口八フィートの独房が六室並べばそれだけで計四十八フィートも占めることになるから、最初に示された規模ではおさまりきらないことになる。じっさいドライサーは、種々の伝記で知られているように、小説執筆の脱稿寸前に、死刑囚を収容する刑務所をもっと具体的に描く必要を感じ、さる筋に頼みこんで現場視察をしたのだが、それはオーバーン刑務所ではなく、もう一つのニューヨーク州刑務所として有名な(俗にシンシンと呼ばれた)オシニング刑務所の内部見学として実現した。したがって、小説に描かれている「死の家」はどうやらシンシンの内部をモデルとしているものである。記述に矛盾が生じた原因をそのように推察できるにしても、小説に描かれた死刑囚収容所の描写を現実のオーバーン刑務所に合わせるのは不可能だから、この関連箇所の校訂には手を付けられなかった。証言に虚構を組み込もうとした専門家ベルナップやジェフソン、まして素人のクライドが、検事メイソンにさんざん嘲弄される杜撰さを免れなかったように、現実を取り込んだ虚構として小説を書いた作者も、その助手たちや出版社の編集担当者たちも、作りごとを破綻なく仕上げることの難しさに足をすくわれるざまをさらしているのである。

最後に、ロバータの手紙に言及される小屋の名前（761.37, 'Believe,'）は、手稿では"Beehive"となっているので、できればそのように校訂したいところである。ロジャー・スミスのインターネットサイト（DreiserOnLine）で明らかにされていることによれば、h が l に見えてしまうドライサーの筆跡のために、"Beehive"はタイピストたちによって"Believe"と読まれてしまい、その後の刊行準備作業のなかでも誰にも気づかれずに、甚だしい誤植となって諸版に残され、ライブラリー・オブ・アメリカ版も校訂しそこねているのである。この誤植を見とがめたスミスは、各国の翻訳者たちがこの箇所でいかに苦心しているかを、やや揶揄しながら紹介している。たしかに"a cute little house in the orchard"の名前としては、"Beehive"のほうが"Believe"よりもよほど似つかわしいし、ジレット事件当時の新聞に引用されたグレース・ブラウンの手紙のなかではっきり"Beehive"と書かれていたことが、ジレット事件を追いかけたクレイグ・ブランドンの著書などからもわかるのである。

以上見てきたように、『アメリカの悲劇』の原書刊本には、どの版を見ても本文批評上の問題点が少なからず存在しており、これまで刊本制作に関与してきた編集者、批評家もそれらに気づかずに過ごしてきていた。とはいえ、『ドライサーを読み返せ』第三篇で論じたとおり、完全な本文を求めようという願望そのものに、もともとロマンチックな空想性がつきまとっている。デジタル技術が発達しても、書物の本文はしょせん手作り製品であるという性格を免れられないと心しておくほうが無難であろう。

こうなると、翻訳という仕事に内在して、どうしても取り組まざるをえない作業となる本文批評が、翻訳のさなかであればこそ綿密にならざるをえない。校閲が訳文の変更を迫る場合も少なくないからである。だから翻訳作業中に取り組む校訂は、ただ完全な本文を求めようとするよりもかえって有効性を発揮することになるのではないか。しがない営みとしか見えない外国文学研究の、なかでも付随的としか見えない翻訳などという作業には、それに従事しているうちに、原書の言語を母語とする者たちにはあまりにも慣れすぎていて見つけにくい本文上の瑕疵に、どうしても気づかずにいられないという特質が潜んでいるかもしれないとなれば、それも翻訳者冥利に尽きることではないだろうか。

別表「『アメリカの悲劇』英語版四書の校合表」

A Collation of 4 Editions *AAT*, with [LA] as the Copy text.

[LA]: *AAT*. Notes. Thomas Riggio. New York: Library of America, 2003. 934pp.;
[BL]: *AAT*. 2 vols. New York: Boni and Liveright, 1925. 431+409pp.;
[WP]: *AAT*. Intro. H. L. Mencken. Cleveland and New York: The World Publishing, 1953. 862pp.;
[SC]: *AAT*. Afterword. Irving Howe. (A Signet Classic) New York: The New American Library, 1964. 814pp.; cited by page and line number.
[KM]: emendations proposed and comments by the author, from [KM] the new Japanese translation (Kadensha, 2024), cited by page number.
* indicates a revision made by Riggio in [LA]
○ : right; × : wrong; △ : questionable; do.: same as the left;

[LA]	[BL]	[WP]	[SC]	[KM]
46.16, same ×	Ⅰ.42.44, sane ○	54.38, do. ○	44.26, do. ○	上 51
113.11, psuedo- ×	101.8, psuedo- ×	114.28, do. ×	101. 8, do. ×	126, pseudo-
*151.27, to do that ○	136.6, to that ×	149.28, to that ×	134.11, to do that ○	151
*169.11, Griffiths' ○	153.3, Griffith's ×	167.10, Griffiths' ○	148.6, Griffiths' ○	192
170.40, Letta △	154.26, Letta △	168.35, do. △	149.32, do. △	194, Nadine, cf. [LA] 438.33, etc.
*172.24, clothes. ○	156.2, clothes." ×	170.14, clothes. ○	151.8, do. ○	196
217.17, second △	195.16, second △	210.25, do. △	190.1, do. △	249, third, cf. [LA] 229.34, 255.4, etc.
*236.4, to-night, ○	211.15, to-night. ×	227.34, to-night, ○	205.38, do. ○	271
*249.16, Bridgemans' ○	223.14, Bridgeman's ×	240.28, do. ×	217.45, Bridgemans' ○	288
314.38, Them ×	281.24, Then ○	300.39, do. ○	274.17, do. ○	364
315.1, told ×	281.27, hold ○	301.1, do. ○	274.20, do. ○	364
357.1, of ×	318.38, or ○	339.31, do. ○	310.6, do. ○	413
*465.2, its ○	416.1, it's ×	438.21, its ○	403.31, do. ○	542
*488.3, unforeseen ○	Ⅱ.6.33, unforseen ×	458.38, unforeseen ○	423.16, do. ○	下 4
492.11, Trippettsville △	11.10, Trippettsville △	462.34, do. △	426.44, do. △	11, Trippetts Mills, cf. [LA] 398.16, etc.

[LA]	[BL]	[WP]	[SC]	[KM]
493.29, Trippettsville △	12.22, Trippettsville △	464.8, do. △	428.12, do. △	13, See above.
507.11, though ×	25.15, thought ○	476.35, do. ○	440.26, do. ○	29
*519.37, to win ○	36.41, win to ×	488.30, do. ×	451.35, do. ×	45
*526.9, weir-weir ○	42.18, wier-wier ×	494.38, do. ×	458.3, do. ×	54
*527.38, Raquette ○	43.43, Racquette ×	496.25, do. ×	459.31, do. ×	56
536.4, this." ×	51.34, this." ×	504.11, do. ×	466.35, this. ○	66
538.27, Wednesday △	54.3, Wednesday △	506.30, do. △	469.5, do. △	70, Cf. [LA] 522.3, Saturday, June 14th. Then June 30th must be Monday. Though unmentioned hereafter, such incoherences of the dates often appear.
*541.31, Raquette ○	56.37, Racquette ×	509.31, do. ×	471.43, do. ×	74
545.27, all! ×	60.21, all! ×	513.27, all!) ○	475.29, all!) ○	79
554.16, Harriet △	68.42, Harriet △	521.37, do. △	483.31, do. △	90, Harley cf. [LA] 525.18
*554.28, maybe turn ○	69.10, may turn ×	522.8, do. ×	483.43, maybe turn ○	90
565.30, weir-weir ○	79.2, weir-weir ○	532.21, weir-weir ○	493.42, wier-wier ×	104
573.31, three △	88.22, three △	542.37, do. △	500.23, do. △	115, four, cf. [LA] 578.36
599.16, Taylor Street △	111.41, Taylor Street △	566.25, do. △	522.45, do. △	144, Jefferson Avenue, cf. [LA] 270.33
612.28, trying ×	123.29, tying ○	578.17, do. ○	534.7, do. ○	159

[LA]	[BL]	[WP]	[SC]	[KM]
*618.8, to the Harriets' ○	128.24, to Harriets' ×	583.19, do. ×	539.3, do. ×	166
*626.27, Baggotts, Harriets ○	136.11, Baggotts', Harriets' ×	591.15, do. ×	546.33, Baggotts, Harrietts ○	176
627.21, Wetissic ×	137.1, Wetissic ×	592.6, Metissic ○	547.23, do. ○	177, Metissic, cf. [LA] 650.25
641.6, Taylor Street △	148.31, Taylor Street △	604.26, do. △	559.21, do. △	194, Jefferson Avenue, cf. [LA] 270.33
*659.4, all, ○	164.40, all ×	621.4, do. ×	575.2, do. ×	216
664.34, Fourth Lake △	169.27, Fourth Lake △	626.2, do. △	579.34, do. △	222, Twelfth Lake, [Perhaps the fictitious place name mixed up with the real Fourth Lake of the Fulton Chain, the scene of the Gillette-Brown case.]
*670.35-36, catechize ○	174.43-44, cathechize ×	631.31, catechize ○	585.16, do. ○	230
690.8, June 18th or 19th △	192.39, June 18th or 19th △	648.28, do. △	601.14-15, do. △	252, Perhaps June 11th or 12th, cf. [LA] 500.3 & 34, June 10th, the date of the letters from Sondra & Roberta, one or two days after which Clyde read them and got the newspaper.
709.34, Fourth Lake △	210.15, Fourth Lake △	666.38, do. △	618.4, do. △	277, Twelfth Lake, See above.

[LA]	[BL]	[WP]	[SC]	[KM]
*716.5, wherever ○	215.34-35. where-ever ×	672.36-37. do. ×	624.1, wherever ○	286
730.7, Emily △	228.13, Emily △	685.32, do. △	635.43, do. △	302, Agnes, cf. [LA] 730.10, another girl, who must be Emily.
731.18, Eddie △	229.20, Eddie △	687.1, do. △	637.4, do. △	304, Freddie, cf. [LA] 369.16, etc.
*732.35, afternoon." ○	230.30, afternoon. ×	688.14, afternoon." ○	638.16, do. ○	306
*737.25, Green-Davidson." ○	234.11, Green-Davidson. ×	692.9, do. ×	641.41, Green-Davidson." ○	311
742.2, forty-eight . . . hours △	238.6, forty-eight . . . hours △	696.15, do. △	645.44, do. △	316, twenty-four instead of forty-eight hours; insofar as 24 rather than 48 hours (before Roberta's death) refers to their stay at Grass Lake.
751.3, Eddie △	245.25, Eddie △	704.7, do. △	653.15, do. △	326, Freddie, See above.
752.22, Biggens △	246.36, Biggens △	705.21, do. △	654.30, do. △	328, Biggen, cf. [LA] 752.8
761.36, Emily △	255.2, Emily △	714.11, do. △	663.5, do. △	340, Agnes, See above.
761.37, 'Believe,' △	255.3, 'Believe,' △	714.11, do. △	663.6, do. △	340, 'Beehive,' cf. Brandon, 109.
762.16, Emily △	255.22, Emily △	714.31, do. △	663.28, do. △	341, Agnes, See above.
*767.21, seems to ○	260.9, seem to ×	719.18, do. ×	667.34, do. ×	347
780.33, "Beautiful?" ×	272.10, "Beautiful?" ×	731.35, do. ×	679.15, "Beautiful? ○	364

[LA]	[BL]	[WP]	[SC]	[KM]
783.9, entirely? ×	274.17, entirely? ×	734.5, entirely?" ○	681.23, do. ○	367
*783.23, ensorcelled . . . ensorcellor ○	274.31, enscorcelled . . . enscorcellor ×	734.19, do. ×	681.37, do. ×	368
786.12, January last year △	277.8, January last year △	737.5,do. △	684.14, do. △	372, last January
*811.39, Saunders ○	299.25, Sanders ×	760.37, do. ×	706.29, Saunders ○	407
*828.26, it any ○	314.7, in any ×	776.26, do. ×	721.26, do. ×	430
842.3, Rehobeth △	326.3, Rehobeth △	789.3, do. △	733.21, do. △	448, Rehoboth, i.e. the name of an old town that exists in Massachusetts, from which this name, if not a pure invention, must derive. Cf. Raquette
863.31, checks ×	345.18, cheeks ○	808.40, do. ○	752.15, do. ○	474
871.34, if ×	352.33, of ○	816.22, do. ○	759.24, do. ○	484
872.23, new on one ×	353.20, new one ○	817.3, do. ○	760.4, do. ○	485
907.18, Fourth Lake △	384.30, Fourth Lake △	849.6, do. △	790.34, do. △	528, Twelfth Lake, See above.
909.9-13, "What! . . . 'Hereby . . . spirit.'" △	386.9-13, "What! . . . 'Hereby . . . spirit.'" △	850.9-13, do. △	791.32-37, do. △	529, What! . . . "Hereby . . . spirit."
*928.29, short. △	403.37, short? △	868.31, do. △	809.6, do. △	554, Either will do.
929.37, Gibson △	404.40, Gibson △	869.36, do. △	810.9, do. △	555, Guilford cf. [LA] 905.29
932.35, We'll ×	407.23, Well ○	872.24, do. ○	812.35, do. ○	559

引用文献書誌

＊以下の文献からの引用箇所は、当該ページノンブルを横書きアラビア数字で表記し、パーレンで括って本文中に示す。なお、『アメリカの悲劇』からの引用箇所は、この書誌中の［LA］版のページノンブルを表記する。

Abel, Lionel. *Metatheatre: A New View of Dramatic Form*. Hill & Wang, 1963.

Aristoteles. アリストテレース、松本仁助・岡道男訳『詩学』、『アリストテレース「詩学」・ホラーティウス「詩論」』（岩波文庫）、（一九九七）岩波書店、二〇一二。

Auerbach, Erich. *Mimesis: The Representation of Reality in Western Literature*. Tr. Willard R. Trask. 1946; Princeton UP, 1974.

Bakhtin, Mikhail. *Problems of Dostoevsky's Poetics*. Tr. Caryl Emerson. U. of Minnesota P., 1984.

Brandon, Craig. *Murder in the Adirondacks: 'An American Tragedy' Revisited*. North Country Books, Inc., 1986.

Dreiser, Theodore. *An American Tragedy*. 2 vols. Boni and Liveright, 1925. [BL]

____. *An American Tragedy.* (1925;) The World Publishing Co., 1953. [WP]
____. *An American Tragedy.* (1925;) The New American Library (Signet Classics), 1964. [SC}
____. *An American Tragedy.* (1925;) The Library of America, 2003. [LA]
____. 田中純訳『亜米利加の悲劇』（上）大衆公論社、一九三〇。
____. 田中純訳『アメリカの悲劇』（上下）［抄］、三笠書房、一九四〇。
____. 大久保康雄訳『アメリカの悲劇』（上下）、（一九五八）新潮文庫、一九七八。
____. 橋本福夫訳『アメリカの悲劇』全４巻、角川文庫、一九六三–六八。
____. 宮本陽吉訳『アメリカの悲劇』（愛蔵版世界文学全集）、集英社、一九七五。
____. 村山淳彦訳『アメリカの悲劇』上・下、花伝社、二〇二四。
____. *Dreiser-Mencken Letters: The Correspondence of Theodore Dreiser & H. L. Mencken 1907-1945.* 2 Vols. Ed. Thomas P. Riggio. University of Pennsylvania Press, 1986.
____. *The Hand of the Potter: A Tragedy in Four Acts.* Boni and Liveright. 1918.
____. "I Find the Real American Tragedy" (1935). Jack Salzman. "I Find the Real American Tragedy by Theodore Dreiser." In *Resources for American Literary Study* II (Spring 1972): 3-74.
____. "More Democracy or Less? An Inquiry." In *Hey, Rub-A-Dub-Dub: A Book of the Mystery and Wonder and Terror of Life.* Boni and Liveright, 1920.
____. *Sister Carrie* (1900). In *Theodore Dreiser: Sister Carrie, Jennie Gerhardt, Twelve Men.* Library of America, 1987. 3-455.
Dudley, Dorothy. *Forgotten Frontiers: Dreiser and the Land of the Free.* (1932;) Scholarly Press, 1972.
Edel, Leon. *The Psychological Novel 1900-1950.* Lippincottt, 1955.

Eisenstein, S. M., G. V. Alexandrov, and Ivor Montagu. "*An American Tragedy*: Scenario." Appendix 2. "The Scenario of *An American Tragedy*." In Ivor Montagu. *With Eisenstein in Hollywood*. 207-344.

Eliot, T. S. "The Waste Land." In *The Waste Land and Other Poems*. (1922) Harcourt Brace Jovanovich, 1962. 27-54.

Esslin, Martin. *The Theatre of the Absurd*. Doubleday, 1962.

Faulkner, William. *Lion in the Garden: Interviews with William Faulkner, 1926-1962*. Ed. James B. Meriwether and Michael Milgate. U. of Nebraska P., 1980.

___. *The Sound and the Fury*. (1929) Penguin Books, 1971.

Fitzgerald, F. Scott, *The Great Gatsby*. (1925) Penguin Books, 1967.

Foley, Barbara. *Marxist Literary Criticism Today*. Pluto Press, 2019.

Gerber, Philip. "'A Beautiful Legal Problem': Albert Lévitt on *An American Tragedy*." *Papers on Language & Literature*. 1991 (Spring), Vol. 27, Issue 2: 214-242.

Glicksberg, Charles I. *The Tragic Vision in Twentieth-Century Literature*. Southern Illinois UP, 1963.

Hoffman, Frederick J. "The Voices of Sherwood Anderson." In *The Achievement of Sherwood Anderson: Essays in Criticism*. Ed. Ray Lewis White. U. of North Carolina P., 1966. pp.232-44.

Hofstadter, Richard. *Anti-intellectualism in American Life*. Vintage Books, 1963.

Humphrey, Robert. *Stream of Consciousness in the Modern Novel*. U. of California P., 1954.

James, William. "Chapter XI: The Stream of Consciousness," *Psychology: Briefer Course*. (1892.) In *William James: Writings 1878-1899*. The Library of America, 1992, pp.152-173.

Joyce, James. Dubliners. (1914;) Penguin Books, 1966.

____. *Ulysses*. (1922;) Penguin Books,, 1968.
King, Jeannette. *Tragedy in the Victorian Novel: Theory and Practice in the Novels of George Eliot, Thomas Hardy and Henry James*. Cambridge UP, 1978.
Kobayashi Hideo. 小林秀雄「小説の問題Ⅰ」、『新潮』昭和七（一九三二）年六月号。『文芸評論』（上巻）所収、（筑摩叢書）、筑摩書房、一九七九。
Kogoma Jin'ichi. 小古間甚一「『アメリカの悲劇』における法的言説と権力」、大浦暁生監修・中央大学ドライサー研究会編『「アメリカの悲劇」の現在――新たな読みの探求』所収、pp.143-163.
Krieger, Murray. *The Tragic Vision: The Confrontation of Extremity*. (1960) Johns Hopkins UP, 1973.
Krutch, Joseph Wood. *The Modern Temper: A Study and a Confession*. (1929) Harcourt, Brace & World, 1956.
Lévitt, Albert. "Was Clyde Griffiths Guilty of Murder in the First Degree?" (1926). In Philip Gerber. "'A Beautiful Legal Problem': Albert Lévitt on *An American Tragedy*": 222-242.
Lingeman, Richard. *Theodore Dreiser: Volume II: An American Journey 1908-1945*. G. P. Putnam's Sons, 1990.
Loving, Jerome. *The Last Titan: A Life of Theodore Dreiser*. U. of California P., 2005.
Lukács, Georg. "Narrate or Describe?" (1936) In *Writer and Critic, and Other Essays*. pp.110-48.
____. "Preface" (Budapest, March 1965; revised April 1970) to *Writer and Critic, and Other Essays*. pp.7-23.
____. *Writer and Critic, and Other Essays*. Ed. & Tr. Arthur Kahn. (1970) iUniverse, 2011.
McGann, Jerome J. *A Critique of Modern Textual Criticism*. U. of Chicago P., 1983.
Marx, Karl &Friedrich Engels. 真下信一訳『新釈ドイツ・イデオロギー』（一九六五）（国民文庫）大月書店、一九六七。
Marx, Leo. *The Machine in the Garden: Technology and the Pastoral Ideal in America.* 1964; Oxford UP, 1978.
Matthiessen, F. O. *Theodore Dreiser.* (1951) Dell, 1966.
Miller, Henry. "Dreiser's Style." *New Republic,* 46 (April 28,1926): 306. In *Theodore Dreiser: The Critical Reception,* Ed. Jack Salzman. David Lewis, 1972, p.486.
Moers, Ellen. *Two Dreisers.* Viking, 1969.
Montagu, Ivor. *With Eisenstein in Hollywood: A Chapter of Autobiography.* Seven Seas Publishers, 1968.
Murayama Kiyohiko. 村山淳彦『セオドア・ドライサー論――アメリカと悲劇』、南雲堂、一九八七。
___.『ドライサーを読み返せ――甦るアメリカ文学の巨人』、花伝社、二〇二一。
___.「リアリズムが問題だった――一九三〇年代マルクス主義文学運動とリアリズム論」、『新英米文学研究 (New Perspective)』24.2（総号一五八号）、一九九三年十二月 : 2-13.
Nakajima Yoshinobu. 中島好伸「クライドの発話行為と自由間接話法の関係」、大浦暁生監修・中央大学ドライサー研究会編『「アメリカの悲劇」の現在――新たな読みの探求』所収、pp.121-142.
Nash, Gary B. *The Unknown American Revolution: The Unruly Birth of Democracy and the Struggle to Create America.* Penguin Books, 2005.
Oh-ura, Akio. 大浦暁生監修・中央大学ドライサー研究会編『「アメリカの悲劇」の現在――新たな読みの探求』、中央大学出版部、二〇〇二。
___.「『アメリカの悲劇』の成立」（1）『中央大学文学部紀要・文学科第44号』（通巻九一号）一九七九年三月 : 1-14.

____.『アメリカの悲劇』の成立」（2）『中央大学文学部紀要・文学科第49・50号』（通巻一〇二・一〇三号）一九八二年三月 : 63-72.

____.「『アメリカの悲劇』の成立」（3）『中央大学文学部紀要・文学科第66号』（通巻一三五号）一九九〇年三月 : 55-73.

____.「『アメリカの悲劇』の成立」（4）『中央大学文学部紀要・文学科第72号』（通巻一四九号）一九九三年四月 : 49-67.

Orlov, Paul A. An American Tragedy*: Perils of the Self Seeking* "*Success*". Bucknell UP, 1998.

____. "On Language and the Quest for Self-Fulfillment: A Heideggerian Perspective on Dreiser's *Sister Carrie*." In *Theodore Dreiser: Beyond Naturalism*. Ed. Miriam Gogol. New York UP, 1995. pp.134-175.

Orr, John. *Tragic Realism and Modern Society: Studies in the Sociology of the Modern Novel*. Macmillan, 1977.

Pizer, Donald. *The Novels of Theodore Dreiser: A Critical Study*. University of Minnesota Press, 1976.

Riggio, Thomas P. "Note on the Text." Theodore Dreiser, *An American Tragedy*. The Library of America, 2003. pp.966-968.

Ruttenburg, Nancy. *Democratic Personality: Popular Voice and the Trials of American Authorship*. Stanford UP, 1998.

Sewall, Richard B. *The Vision of Tragedy: New Edition, Enlarged*. 1959; Yale UP, 1980.

Smith, Roger. "The 'Beehive' Passage in Roberta Alden's Last Letter." *An American Tragedy*, Miscellaneous, Translations. <https://DREISERONLINECOM.WORDPRESS.COM/TAG/AN-AMERICAN-TRAGEDY/PAGE/2/> February 26, 2016.

Sontag, Susan, *Against Interpretation and Other Essays*, Dell, 1966.
Steiner, George. *The Death of Tragedy*. (1961) Oxford UP, 1980.
Styan, J. L. *The Dark Comedy: The Development of Modern Comic Tragedy*. Cambridge UP, 1962.
Swanberg, W. A. *Dreiser*. Charles Scribner's Sons, 1965.
Sypher, Willy. "The Meaning of Comedy." Appendix, *Comedy*, ed. Willy Sypher. Doubleday, 1956.
Tanimura Junjirou. 谷村淳次郎「Joyce と Faulkner における『意識の流れ』の表現」、『室蘭工業大学研究報告　文科編』72（一九七一年九月）: 257-284.
Tanizaki Jun'ichirou. 谷崎潤一郎『文章読本』（昭和九（一九三四）年）、中央公論社、一九七四。
Theodore Dreiser Papers. Theodore Dreiser Collection. Penn Libraries. Kislak Center for Special Collection, Rare Books and Manuscripts, University of Pennsylvania. <https://findingaids.library.upenn.edu/records/UPENN_RBML_PUSP.MS.Coll.30>
Williams, Raymond. *Modern Tragedy*. (1966) Dell, 1981.
Wright, Richard. *Native Son*. (1940) (Perennial Classics) Harper Collins, 1998.
Yamada Hisato. 山田恒人「現代における悲劇的精神――悲劇の創造は今日可能か」、『文芸研究』19（明治大学文芸研究会、一九六八年三月）: 18-56.

あとがき

この本は、ドライサー『アメリカの悲劇』の新訳にわたしが取り組み、訳文を模索しながらあれこれと思い浮かんだ想念をメモする形から始まった。そのメモはやがて、翻訳書の「訳者あとがき」の枠内にはとても収まりきらない規模にふくれ上がってきたので、『アメリカの悲劇』をさまざまな角度から論じる作品論に仕上げてみたらどうかと思いつき、押っ取り刀でまとめにかかった産物である。

『アメリカの悲劇』はわたしにとって、これまで繰り返し読んできているし、いくつかの論考で取り上げ種々の角度から考察を加えてきた作品だから、翻訳するのも、広大ではあれ勝手知ったる庭に入って着々と作業すればやり遂げられると、いささか甘く見ていた節もあった。ところが、作業を進めるうちに、「あれっ」と意外の念に打たれたり、「ああ、そういうことだったのか」と今更ながらの気づきに慌てたりすることがしばしば起きてきた。そんなことになったのは、当然ながら、翻訳という仕事の性質上、英語原文の一字一句もおろそかにしない読みを施すよう強いられたからであろう。だが、それだけではない。これまでのドライサー観がドライサー排撃論擁護論それぞれの固定的な枠組みにとらわれていると批判してきたわたしにしてからが、恐ろしいことに、やはりそんな枠組みから抜けきれないでいるざまをさらしたにほかならなかったのだろう。そう白状しなければなるまい。世界の社会状況が大きく変化し、いろいろなものの見方が揺さぶられている今日、これまでの枠組みでは掬いきれなかった諸々の事象が作品の襞や肌理から立ち現れてくるのを、はじめて見せつけられるような気がしてきたに違いない。『アメリカの悲劇』のこれまで見えていなかった部分を含めた全体像がここに浮かび上がってきたと感じ、この発見を新訳の読者のみなさんにもお伝えしなければという思いに駆られて、本書を書き進めたのであった。

そんな事情で本書は、小著とはいえ書き下ろしの論稿となった。わたしはこれまでアメリカ文学を論じる単著を三冊出版させてもらったが、いずれも一定期間にあちこちの研究発表誌や学術書の一部として担当執筆した論稿をある時点で一巻にまとめ、まとめた時点で必要と思われた追補分を加筆したり、書き下ろしの章を組み込んだりして成り立った書物である。核となる論考そのものは、発表してすでに何年間か経つうちに読者からの反応を受けとめたうえで、より広い読者に向けて再提出しているわけだから、とても意地悪な見当違いの反応がたまに出てきてギョッとさせられることもなかったわけでないにしても、ある程度安心して本にすることができた。信頼のおける学説はそれくらいの検証期間や手続きを経たうえで提出されるべきだ、という信念にもすがっていた。

ところが今度はそうはいかない。どの論稿も書き下ろしで、もしかしたらつい調子に乗って筆が滑り、言わずもがなのことまで書いてしまわないとも限らない。読者には、この本に目が触れてはじめて読んでもらわなければ知っていただけないのだから、いかにもこれまで聞いたこともないような面妖な言いぐさを見出して憤慨する者も出てくるかもしれない。しかも本書における主張は、これまでの拙著における主張よりもはるかに通念に反して挑発的だ、とわたし自身にも思えるくらいだから、いったいどんな反応が返ってくるやら、戦々恐々の気分である。この間のわたしの発見は、その発見に対する周囲の反応を見定めるための熟成の段階が与えられていない。もう少し噛みくだいた論述にしたかったけれど、もはや、わたし特有の晦渋さにつきあっていただき、理解してもらえると期待するしかない。わたしは、本書で展開する議論をその場の思い付きでしているわけではないし、例証や理論的裏付けもしかるべく調えてあると自負している一方、少なからぬ反発を呼ぶだろうと怖れてもいる。それでも、すでに余命に限りある頼りない身でありながらも、ステロタイプな嘲罵や理不尽な難癖などを浴びせられたら、自説を擁護するために立ち上がってファイティングポーズをとる覚悟は失っていないつもりである。

二〇二二年に『ドライサーを読み返せ』を出版してくださってから今までおよそ三年間、花伝社には筆舌に尽くせぬほどお世話になってきた。これもひとえに花伝社社長平田勝さんが、忘れられかけていたかつての大作家ドライサーの重要性に気づいてくれたおかげである。その後、新訳『アメリカの悲劇』上下二巻の出版を自分でも不思議なくらいの勢いで成し遂げてしまい、それで今回はこの『アメリカの悲劇』論を世に問うところまで漕ぎつけたのも、平田さんの励ましがあったればこそである。わたしは長年抱えてきた抱負が短時日につぎつぎに現実になっていくのを見て、まるで夢のなかにいる思いがした。この三年間、個人的には病に侵され、辛い日々を過ごすこともあったけれども、これまで以上にドライサー研究一筋に打ち込める生活の充実感をじゅうぶん味わうことができて、晩年に至ってこんな経験をもてた自分は何と幸運だったことかと、内心ほくそえんでいたのである。この幸運をもたらしてくれた平田さんには、何とお礼申し上げればいいのか。ただただ、拙著群が花伝社の声価を傷つけることのないように祈るのみである。

さらに加えて、花伝社で本書の編集をご担当くださった濱田輝さんには、割付、校正などの労をとっていただいたにとどまらず本全体の構成などについて有益な助言もたくさんいただき、たいへんお世話になった。厚くお礼申し上げる。

二〇二四年十二月

村山淳彦

人名索引

ア行

アウエルバッハ，エーリッヒ（Erich Auerbacch）*18, 48*

アウグスティヌス（Augustinus）*55, 56*

安倍晋三　*43*

アリストテレス（Aristoteles）*10, 18, 20, 22, 140*

アンダーソン，シャーウッド（Sherwood Anderson）*103, 104*

イエス（Jesus）*48, 56*

石川一雄　*40*

石川達三　*68*

ウィリアムズ，レイモンド（Raymond Williams）*17, 18*

ウェルギリウス（Vergilius）*93*

ウルフ，ヴァージニア（Virginia Woolf）*95*

ウルフ，トマス（Thomas Wolfe）*110*

エイゼンシテイン，セルゲイ（Sergei Eisenstein）*85, 86*

エーベル，ライオネル（Lionel Abel）*15*

エスリン，マーティン（Martin Esslin）*14*

エデル，レオン（Leon Edel）*96*

エドワーズ，ロバート・アレン（Robert Allen Edwards）*34*

エリオット，T・S（T. S. Eliot）*7, 27, 89*

エンゲルス，フリードリヒ（Friedrich Engels）*94*

オー，ジョン（John Orr）*18*

大浦暁生　*117, 118, 143, 144*

大久保康雄　*72, 73, 76, 141*

オーロフ，ポール（Paul A. Orlov）*28, 31, 107*

オニール，ユージン（Eugene O'Neill）*110*

カ行

ガーバー，フィリップ（Philip Gerber）*55*

カミングズ，e・e（e. e. cummings）*88*

キャンベル，ルイーズ（Louise Campbell）*116*

キング，ジャネット（Jeannette King）*18, 25*

クーセル，サリー（Sally Kusell）*116*

クリーガー，マレー（Murray Krieger）*15*

グリックスバーグ，チャールズ・I・（Charles I. Glicksberg）*15, 18*

クルーチ，ジョセフ・ウッド（Joseph Wood Krutch）*12, 14*

ケネディ，ジョン・F（John F. Kennedy）*94*

ゴーリキー，マクシム（Maxim Gorky）*108*

小古間甚一　*69, 143*

小林秀雄　*7, 83, 84, 85, 86, 87, 143*

コムロフ，マニュエル（Manuel Komroff）*116*

サ行

サイファー，ワイリー（Wykie Sypher）*14*
サムナー，ジョン・サクストン（John Saxton Sumner）*52*
シーウォル，リチャード（Richard B. Sewall）*15*
シェイクスピア，ウィリアム（William Shakespeare）*19*
ジェイムズ，ウィリアム（William James）*7, 95, 105, 106, 107*
ジェイムズ，ヘンリー（Henry James）*27, 91, 96*
シュペングラー，オズワルト（Oswald Spengler）*93*
ジョイス，ジェイムズ（James Joyce）*7, 52, 85, 86, 90, 95, 97, 101, 103, 106, 107, 108, 109, 110, 111, 112*
ショーペンハウエル，アルトゥール（Arthur Schopenhauer）*106*
ジレット.，チェスター（Chester Gillette）*2, 34, 45, 115, 129, 130, 133*
スターリン，ヨシフ（Iosif Stalin）*109*
スタイアン，J・L（J. L. Styan）*14*
スタイナー，ジョージ（George Steiner）*12, 14*
スタイロン，ウィリアム（William Styron）*110*
スタンダール（Stendhal）*108*
スピノザ，バルーク（Baruch Spinoza）*106*
スペンサー，ハーバート（Herbert Spencer）*106*
スミス，T・R（T. R. Smith）*116*
スミス，ロジャー（Roger Smith）*133*
スワンバーグ，W・A（W. A. Swanberg）*106, 116, 117*
ゾラ，エミール（Emile Zola）*108*
ソロー，ヘンリー・デイヴィッド（Henry David Thoreau）*93*
ソンタグ，スーザン（Susan Sontag）*15*

タ行

ダウイー，ジョン・アレグザンダー（John Alexander Dowie）*46*
ダッドリー，ドロシー（Dorothy Dudley）*33*
田中 純　*87, 141*
谷崎潤一郎　*7, 83, 84, 87, 146*
谷村淳次郎　*97, 101, 146*
トウェイン，マーク（Mark Twain）*93, 104*
ドストエフスキー，フョードル（Fyodor Dostoevsky）*86*
ドス・パソス，ジョン（John Dos Passos）*88, 108, 109, 110*
トルストイ，レフ（Lev Tolstoy）*108*

ナ行

中島好伸　*69, 144*

永山則夫　*40, 41*
ナッシュ，ゲーリー・B（Gary B. Nash）*17*
ニーチェ，フリードリヒ（Friedrich Nietzsche）*106*

ハ行

パイザー，ドナルド（Donald Pizer）*117*
ハイデッガー，マルティン（Martin Heidegger）*107*
ハウエルズ，ウィリアム・ディーン（William Dean Howells）*91*
パウロ（Paul）*55, 56*
橋本福夫　*72, 76, 141*
バフチン，ミハイル（Mikhail Bakhtin）*7, 34, 78, 81, 91, 100*
バルザック，オノレ・ド（Honoré de Balzac）*108*
ハンフリー，ロバート（Robert Humphrey）*96*
ヒル，エルシー・メアリー（Elsie Mary Hill）*6, 55*
フィッツジェラルド，F・S（F. S. Fitzgerald）*7, 90*
フォークナー，ウィリアム（William Faulkner）*7, 90, 95, 97, 101, 102, 103, 104, 129*
フォーレイ，バーバラ（Barbara Foley）*50*
ブラウン，グレース（Grace Brown）*129, 130, 133*
ブランドン，クレイグ（Craig Brandon）*45, 133*
プルースト，マルセル（Marcel Proust）*96*
ブレヒト，ベルトルト（Beltolt Brecht）*50*
フロイト，ジークムント（Sigmund Freud）*104, 106*
フロベール，ギュスタヴ（Gustave Flaubert）*108*
ホイットマン，ウォルト（Walt Whitman）*89*
ポー，エドガー・アラン（Edgar Allan Poe）*123*
ホフスタッター，リチャード（Richard Hofstadter）*42*

マ行

マークス，レオ（Leo Marx）*92, 93, 94*
マシセン，F・O（F. O. Matthiessen）*26, 27, 117*
マッギャン，ジェローム・J（Jerome J. McGann）*115*
松本清張　*68*
マルクス，カール（Karl Marx）*39, 81, 94, 144*
マン，トマス（Thomas Mann）*108, 109*
宮本陽吉　*72, 76, 141*
ミラー，ヘンリー（Henry Miller）*7, 111, 112*
メルヴィル，ハーマン（Herman Melville）*93*
メンケン，H・L（H. L. Mencken）*30, 52*
モアズ，エレン（Ellen Moers）*28, 31, 106*

ヤ行

山上徹也　*43*
山崎豊子　*68*
山田恒人　*13, 14, 15, 16, 17, 18, 24, 30, 32, 146*

ラ行

ライト, リチャード（Richard Wright）*6, 37*
ラヴィング, ジェローム（Jerome Loving）*104, 105*
ラシーヌ, ジャン＝バプチスト（Jean-Baptiste Racine）*19*
リヴライト, ホレス（Horace Liveright）*52, 119, 120*
リジオ, トマス（Thomas Riggio）*120, 123, 125, 130*
リチャードソン, ドロシー（Dorothy Richardson）*95*
リチャードソン, ヘレン（Helen Richardson）*116*
李珍宇　*40*
リンゲマン, リチャード（Richard Lingeman）*85*
ルイス, シンクレア（Sinclair Lewis）*110*
ルカーチ, ゲオルク（Lukács Georg）*7, 108, 109, 110, 112*
ルッテンバーグ, ナンシー（Nancy Ruttenburg）*42*
レヴィット, アルバート（Albert Lévitt）*35, 36, 37, 55, 57, 62, 64*
ローブ, ジャック（Jacques Loeb）*106*
ロラン, ロマン（Romain Rolland）*108*
ロレンス, D・H（D. H. Lawrence）*52*

村山淳彦（むらやま・きよひこ）
東京都立大学名誉教授。1944 年、北海道生まれ。最終学歴は東京大学大学院人文科学研究科博士課程単位取得満期退学。國學院大學、一橋大学、東京都立大学、東洋大学で教職に就く。国際ドライサー協会顧問。
おもな著訳書に『セオドア・ドライサー論——アメリカと悲劇』（南雲堂、1987 年、日米友好基金アメリカ研究図書賞受賞）、キース・ニューリン編『セオドア・ドライサー事典』（雄松堂出版、2007 年）、『エドガー・アラン・ポーの復讐』（未來社、2014 年）、『ドライサーを読み返せ——甦るアメリカ文学の巨人』（花伝社、2022 年）、ドライサー『シスター・キャリー』（岩波書店、1997 年）、ドライサー『アメリカの悲劇』上下（花伝社、2024 年）、クーパー『モヒカン族最後の戦士』（小鳥遊書房、2024 年）など。

忘れられた古典を翻訳する
——セオドア・ドライサー『アメリカの悲劇』の新たなる発見

2025年 1 月25日　初版第 1 刷発行

著者 ——— 村山淳彦
発行者 —— 平田　勝
発行 ——— 花伝社
発売 ——— 共栄書房
〒101-0065　東京都千代田区西神田2-5-11出版輸送ビル2F
電話　03-3263-3813
FAX　03-3239-8272
E-mail　info@kadensha.net
URL　https://www.kadensha.net
振替 ——— 00140-6-59661
装幀 ——— 北田雄一郎
印刷・製本— 中央精版印刷株式会社

ISBN978-4-7634-2155-5 C0098

アメリカの悲劇（上）

セオドア・ドライサー著
村山淳彦 訳

定価：3300円（税込）

アメリカ現代文学の先駆的傑作、待望の新訳！

夢を求めてアメリカ社会の中で生き抜こうとした青年……。
貧困と差別、性の在り方、資本家と労働者、宗教の役割、陪審制度と死刑問題、新聞の役割など、現代に繋がるアメリカ社会の断面を浮き彫りにしながら、その中に生きる人々の苦闘を描く。

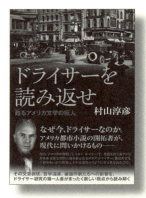